어쨌거나
계절은 바뀌고
다시 돌아올 거야

어쨌거나
계절은 바뀌고
다시 돌아올 거야

초판 1쇄 인쇄 2018년 12월 21일
초판 1쇄 발행 2018년 12월 28일

지은이 박수정
책임편집 윤초록
디자인 그별
펴낸이 남기성

펴낸곳 주식회사 자화상
인쇄,제작 데이타링크
출판사등록 신고번호 제 2016-000312호
주소 서울특별시 마포구 월드컵북로 400, 2층 201호
대표전화 (070) 7555-9653
이메일 sung0278@naver.com

ISBN 979-11-89413-25-5 02810

이 도서의 국립중앙도서관 출판예정도서목록(CIP)은 서지정보유통지원시스템 홈페이지(http://seoji.nl.go.kr)와 국가자료공동목록시스템(http://www.nl.go.kr/kolisnet)에서 이용하실 수 있습니다.(CIP제어번호: CIP2018040921)

어쨌거나
계절은 바뀌고
다시 돌아올 거야

박수정 지음

자화상

프롤로그

날마다 계절이 바뀐다.

온도는 미세하게 오르내리고

우리는 그 계절 안에서 낱낱이 흩어져 흔들린다.

때로는 바람이 거세고 차가워

흔들리는 마음을 붙들지 못할 때도 있었지만

때로는 따듯한 햇살과 포근한 향기들로

마음을 다잡기도 했었다.

한결같은 하루란 존재하지 않았다.

어김없이 찾아오는 계절에 맞서고 또 이겨내야 하니까.

미치도록 뜨거웠던 여름도 시리도록 차가웠던 겨울도

끝끝내 오래도록 기억할 수 있도록.

어쩌면 계절이 바뀐다는 건 좋아하는 것을 고집하고 사랑하는 것만 기억하며 살아가지 말라는 계시일지도 모른다. 갑작스레 날이 뜨거워지거나 쌀쌀해지면 우리는 아무런 준비도 못한 채 더위나 추위에 맞서야 했지만, 경이롭게도 우리의 몸은 그 미세한 온도를 알아채고 금세 적응해내 대견한 나를 만들어주었다.

아마 우리는 모두 대견하고 훌륭한 삶을 살아가고 있을 것이다. 이미 몇 번의 계절을 보냈고 지금도 새로운 계절을 맞이하는 중이니까.

오늘 갑작스러운 추위가 시작됐는데 놀란 기색 하나 없이 담담하게 추위를 받아들이고 있었다. 아무래도 좋아하는 것을 고집하던 예전의 '나'는 더 이상 존재하지 않는 듯했다.

조금씩, 조금씩 주어지는 것을 받아들이고 또 인정하며 이해하는 즐거움을 찾은 덕분이다. 그래서 새로운 환경과 맞닥뜨려도 당황하지 않을 수 있었다.

요즘은 계절 끝자락에 서서 나를 지그시 바라보는 묘한 즐거움도 누리는 중이다.

한껏 차분해진 모습과 평온한 모습의 나를 볼 때면 즐겁지 않을 수가 없다.

불완전한 내가 완전해질 수 있는 그날까지
아름다움을 넉넉히 바라보고 사랑하며 살아가야지.
단 한순간도 조급해하지 않아야지.

어쨌거나 계절은 바뀌고
다시 돌아오니까.

Contents

1

유독 날씨가 좋았던 오늘로부터

머무는 곳이 달라서

늘 이해가 어려웠던 거죠

온전히 당신을 이해할 수 있었던 건 당신의 마음과 나의 마음이 어느 정도 비슷할 거라는 확신이 들었기 때문이에요. 길을 지나다 예쁜 것을 보면 문득 당신이 생각나는 것도, 문득 예상 밖의 맛있는 음식을 먹게 되면 당신이 생각나는 것도, 내가 당신을 사랑하고 있다는 명백한 증거인 것처럼 당신 마음도 그러할 테니까요. 사랑을 하면 대부분 비슷한 마음으로 비슷한 곳에 머물잖아요. 그래서 그랬던 것 같아요. 당신이 무얼 해도 밉지 않고 또 의심스럽지 않았던 건 온전히 우리 사랑이 비슷한 곳에 머물고 있다고 믿었기 때문일 거예요.

그럼에도 불구하고 사랑이 곧 이별을 맞이하는 건 마음의 깊이가 아니라, 생각의 차이였던 것 같아요. 아무리 서로를 사랑한다 하더라도 생각 안에 머무는 마음이 다른 곳에 있다면 계속 틀어지고 또 이탈하고 말거든요. 결국 사랑하는 마음만으로는 모든 사랑이 온전할 수 없는 거죠. 마음은 늘 뜨겁게 타오르는데 사랑하고 또 원하는데 그럼에도 불구하고 우리가 헤어지는 이유는 다 그런 거죠. 머무는 곳이 달라서 늘 이해가 어려웠던 거죠.

어쨌거나 사랑은 비슷한 곳에 머물며

서로를 살피고 보듬어줄 수 있어야만 해요.

마음만으로 전부인 것도 사랑이지만

마음만으로 전부가 아닌 것도 결국 사랑이거든요.

아름다운 건
너로부터 나와

네가 좋아하는 거라면 나는 언제든지 달려가 함께해줄 수 있어. 그게 내가 원하지 않는 일이라고 해도 나는 꼭 해낼 거야.

너의 웃음이 나의 행복이고, 너의 행복이 나의 웃음이야.

아름다운 건 다 너로부터 나와.

누군가의 웃음 앞에서

매번 익숙한 것 앞에서 새로운 내가 되려는 가장 큰 이유는 귀한 것의 의미를 잃어버리지 않기 위함이다. 내게 주어지는 모든 것들이 누군가에게는 주어지지 않는 귀한 것일 수 있으니 말이다. 그것을 익숙하게 혹은 당연하게 생각하는 것은 영 마땅치 않다. 아직은 내가 가진 귀한 것을 나누어줄 여유가 많지는 않지만 조금의 여유가 더 생기면 아낌없이 마음껏 나누어주고 싶다. 함께함으로써 그들에게 행복을 나누어주고 그 답례로 웃음을 선물받고 싶다.

매 순간이 아름다웠으면 좋겠다

집 앞 이자카야에서 술을 마시는데 갑자기 이상하리만큼 세차게 눈이 쏟아졌다. 하늘과 세상이 온통 하얗다. 오죽하면 술집에 앉아 있던 사람들이 우르르 가게 밖으로 나가 저마다 사진을 찍기 시작했다. 나 역시 내게도 이런 소중한 순간들이 있었다고 또렷하게 남기고 싶어 흩날리는 눈을 카메라에 담았다. 언젠가 사랑하는 사람이 생기면 꼭 보여줘야지, 하고 가만가만 눈 오는 하늘을 찍었다.

부디 매 순간이 아름다웠으면 좋겠다. 사랑하는 사람에겐 나의 소중한 순간을 모두 주고 싶으니까.

많이 쌓아두었다가 하나씩 하나씩 꺼내어 이야기해줄 수 있도록.

꽃처럼 예뻐요
향기가 나고요

메말라버린 마음에 한 줌 희망을 뿌려봅니다. 그대는 지금 아주 약간의 손길도 허용할 수 없는 상태인 것 같아 나는 먼발치에서 바라만 봅니다. 해줄 수 있는 거라곤 고작 예쁘다는 말과 당신의 목을 축여줄 수 있는 물이 전부입니다. 메말라버린 당신이 다시 힘을 내 일어서지 못할까 걱정이 되는 날이면 덩달아 나도 밤을 새우곤 했습니다. 혹시라도 부서져 내리진 않을까 하는 마음에 잠 못 이루었습니다. 내가 당신을 사랑해서라기보다는 당신을 사랑하는 사람들이 많기 때문에 그 마음을 지켜주고 싶어서랍니다. 당신은 그토록 소중한 사람인데, 행여 부서지기라도 한다면 곁에 머무는 이들의 가슴도 덩달아 망가지고 말 테니까요.

나는 당신도 당신 주변 사람들도 지켜내고 싶은 사람이에요. 나는 당신에게 무엇도 아니지만, 당신은 내게 소중한 사람이니까요.

아름다운 것에는 한 번쯤 눈길이 가고 또 잠깐 사랑에 빠지기도 하지요. 내겐 당신이 그런 존재였습니다. 잠깐, 아주 잠깐 사랑에 빠졌다가 스치듯 지나갔습니다. 그리고 한참을 돌고 돌아 다시 당신 앞에 섰고, 또다시 사랑에 빠졌지요. 아름다운 당신이 그저 좋은가 봅니다.

내가 할 수 있는 가장 넉넉한 권리

바람이 성가시고 싫었던 적이 있었다. 애써 단장한 머리가 흐트러지는 것이 싫어 한껏 인상을 찌푸린 채 씩씩거린 적이 있었다. 그날은 하루 종일 일이 풀리지 않았다. 무엇을 해도 기분이 나아지지 않았고 주변 사람들은 내 눈치를 살피기 바빴다.

엉망의 하루를 마치고 집으로 돌아와 후회했다. 부는 바람도 주변 사람도 아무런 잘못 없이 내게 미움을 받았구나 싶은 마음에 스스로가 부끄러워졌다.

나의 얄팍한 감정으로 인해 사랑하는 이들이 즐거울 하루를 잃었다. 나는 인상을 찌푸릴 권리가 있지만, 오롯이 나만의 문제를 억지로 누군가에게 공유할 권리는 없었다.

조금 흐트러지면 어떠한가. 그마저도 삶의 일부인 것을.

분명 누군가는 흐트러진 머리를 정돈해줄 것이고

누군가는 그 모습이 예쁘다 할 것이다.

한낱 얄팍한 감정에 휘둘리지 말자.

그저 매일 불어오는 바람이

웃어 마땅한 바람이라고 그리 믿자.

어쩌면 그것이 내가 할 수 있는 가장 넉넉한 권리,

따듯한 마음일 것이다.

끌림

얼마 전 여행 산문집을 읽다 베니스 전통에 대해 적혀있는 글을 보고 문득 베니스에 가고 싶다는 생각을 하게 되었다. 저자는 베니스에 대한 아름다움을 적었다기보다는 그 나라에서 묵었던 숙소 전통에 대해 적어두었다.

그 전통은 "다음 사람을 위하여"라는 배려 깊은 전통이었다.

머문 사람이 다음 이곳에 머물 사람을 위해 직접 준비한 선물과 작은 편지를 하나 준비해두고 떠나는 것이었는데 나는 그곳의 전통이 굉장히 마음에 들었다. 국적도 성별도 그 사람의 관심과 생각도 전혀 모른채 그 사람을 위한 선물을 준비해야 한다는 게 영 쉬운 일이 아니었음에도 불구하고 오래 이어가고 있다는 것과 그런 전통을 꼭 지켜야 한다고 느끼지 않을 사람들도 많았을 텐데 아무쪼록 지켜지고 있을 거라는 생각에 멋있다는 생각이 들었다.

가끔씩 아무런 연고도, 스쳤던 적도 없으면서 마음이 먼저 가 있는 장소가 있다. 이름만 들어도 심장이 마구 쿵쾅거리는 곳. 내겐 러시아가 그랬다. 하필이면 많고 많은 여행지 중에 혼자서 떠나겠다고 다짐했던 곳이 러시아였다. '왜? 첫 여행을 러시아로 갔어?'라는 사람들의 물음에 딱히 이렇다 할 대답은 없었다. 그냥 그곳이 끌렸다. 한국에서 비행기로 몇 시간이 걸리는지, 그곳 날씨는 어떠한지, 유명한 곳은 어디인지, 아무것도 모른 채 나는 보름 뒤 출발하는 러시아행 항공권을 끊었다.

가족들도 주변 사람들도 나를 극구 말렸다.

주변 사람들은 내게 겁도 없다고, 미쳤다고 했다. 그곳은 영어도 잘 통하지 않고 영하 20도를 넘나드는 강추위라고 했다. 하지만 나는 그런 것들을 하나하나 따지고 싶지 않았다. 따지고 또 따지다보면 가지 못할 이유만 늘어날 뿐이니까.

나는 나를 걱정하는 사람들의 반응이 고맙기도 하고 재미있기도 했다. 나더러 분명 대단하지만 미친 게 분명하다는 사람들 사이에서 나는 끝까지 대범했다. 극도로 소심한 내가 그런 말을 듣고도 웃어넘길 수 있었던 건, 자신감 덕분이었다. 누군가에게 '대범하다'는 말을 들을 수 있다는 것은, 나만이 가진 장점이라고 믿었다. 나의 소심함을 내 또 다른 모습으로 이겨낼 수 있다는 게 신기했다.

우리는 종종 대범할 필요가 있다. 무언가를 얻기 위해서라면 제자리에서만 걸을 것이 아니라 앞으로 한 발짝 나아가야 한다. 계속해서 걸어야만 한다. 물론 걷다 보면 어두운 길도, 미끄러운 길도, 경사진 길도 있을 것이다. 그래도 우리는 두려워하지 않고 대범하게 걸어가야만 한다. 용기와 경험을 쌓아야 한다. 그리고 우리는 아무런 연고도 없이 나를 두근거리게 하고 나를 끌어당기는 무언가를 하나쯤 품고 걸어야 한다.

그것은 우리를 걷게 만드는 가장 큰 이유가 되기도 하니까.

온통 너인 거

네가 좋아하는 걸 사러 갈 때면 지나가는 길이 전부 아름답게 보여. 어둑했던 골목길도 환한 길이 되어버리고, 멀게만 느껴지던 거리도 바로 코앞인 것만 같아. 사랑의 힘이 이런 걸까. 누군가가 마법을 걸어놓은 것만 같은 그런 기분이야. 싫었던 것들이 자꾸만 좋아지고 하지 않으려고 다짐했던 것들을 어느새 아무렇지 않게 하고 있어. 내가 나를 통제하지 못하는 이런 게 사랑일까. 내 세상에서 내 멋대로 못하는 거. 이곳이 온통 너인 거.

장흥역

누군가의 꿈을 실었던, 누군가의 희망을 품었던 기차역에 섰다. 한때는 많은 이들이 오가며 꿈을 싣고 몸을 실었을 장흥역. 지금은 역이 사라지고 철길만 덩그러니 남아 있다. 그리고 낡은 철길 위로 한 농부가 터벅터벅 걸어간다. 어쩌면 저 농부도 한때 이곳에서 꿈과 희망을 안고 기차에 오르지 않았을까. 괜스레 마음 한곳이 찡해졌다. '소싯적'이라는 말이 떠올랐다. 젊었을 시절, 우리의 한때, 아름다웠을 청춘. 지금은 사라지고 없는 이곳에서 나는 많은 이들의 꿈과 희망을 보았다.

살아가면서 우리는 자신만의 '장소'가 반드시 필요하다. 불확실한 세상 속에서 흔들리는 마음을 잡아줄 곳이 필요하다. 누군가가 추천해준 명소나 관광지가 아닌, 스스로가 마음을 남겨두고 잠시 눈물을 머금었던 곳이 필요하다. 그곳에 들러 다시 한번 나를 되돌아볼 시간이 필요하다. 가끔 당신이 원치 않는 상처를 받는 순간이 있다면, 하루빨리 자신만의 '장소'로 떠나기를 권한다. 움켜쥔 마음을, 움츠린 마음을 조금씩 풀어줄 수 있는 그곳으로.

늘 인상을 쓰게 되는 복잡한 일상에서 벗어나, 조금은 편안히 눈을 감을 수 있는 나에게로 가자. 지금이 그럴 타이밍이다. 다시금 나를 사랑하러 가자. 훌쩍 멀리 떠나자. 그것이 지금 우리가 풀고 있는 문제들의 정답일지도 모르니.

가을이 온다

어느 초가을 날. 날씨가 꽤 쌀쌀한 것 같아서 긴 원피스에 카디건을 걸치고 집을 나섰다. 약속 장소인 상수동에 도착해 거리를 걷다 보니 거리에는 아직도 반소매를 입은 사람들이 여럿 보였다. 그들 안에서 나만 긴 옷을 입고 겉옷까지 걸쳤던 것이다. 나는 '나 혼자 가을이었나' 싶은 마음에 발을 동동 굴리다 문득 바닥에 쓸쓸히 흩어져 있는 낙엽들을 보았다.

'아, 가을이구나. 가을 맞구나….'

비로소 내가 느낀 것들이 틀리지 않았음을 알았다.

시선을 한 곳에만 두지 않아야지.

소심한 내 마음 다치지 않도록,

그럴싸한 변명과 핑계로부터 나를 보호할 수 있도록,

시선은 늘 여러 곳에 두되

너무 먼 곳만을 바라보진 않아야지.

언젠가는 알게 될 거야

복잡했던 마음을 하나씩 버리기 시작했다. 그동안의 나는 내 공간이 가득 차 있다는 것을 알면서도 늘 같은 곳에 감정들을 쌓아두길 반복해왔다. 그리고 어느덧 내 공간이 가득 차 넘치기 시작했고 마음에 감정을 담는 일이 점점 버거워졌다. 처음엔 어찌할 바를 몰라 참 많이도 울었다. 밤길을 헤매기도 하고 누군가에게 조언을 구해보기도 했지만, 그 어떤 대답도 나에게 필요한 답이 아니었다. 하지만 나를 위한 사람들의 다독임이 고마웠고 또 미안했다.

그러던 중 어느 날 밤 친구에게 연락이 왔다.

"야경 보러 갈래?"

나는 한참을 고민하다 답장을 보냈다.

"그래."

외출을 그다지 좋아하지 않는 나에게는 어려운 결정이었다. 겨우 답장을 보낸 뒤 두꺼운 코트에 구부정해진 몸을 꼭꼭 숨긴 채 밖으로 나섰다. 저 멀리서 친구가 나를 반겼다. 친구는 뭐가 그리도 좋은지 싱글벙글 웃으며 나를 향해 손을 흔들고 있었다. 나는 그 모습이 바보 같다는 생각과 동시에 고마운 마음이 들었고 이내 함박웃음을 터뜨리고 말았다.

웃음으로 인사를 마친 뒤 우리는 목적지를 정하다 어느새 북악스카이웨이까지 와버렸다. 그곳은 내가 몇 해 전에 왔다가 바람이 너무 차 서둘러 내려갔던 곳이다. 오늘도 분명 그날처럼 바람이 찼지만, 그때와는 다르게 사람들이 꽤 많이 북적였다. 서울의 멋진 야경을 사진으로 열심히 남기는 사람들도 있었고 턱을 괸 채로 멍하니 먼 곳을 바라보는 사람도 있었고 연인과 함께 손을 맞잡고 대화를 속삭이는 사람도 있었다.

이렇게 차가운 바람을 맞으면서 여기까지 올라온 사람들

이, 마음 어딘가에 풀지 못한 이야기가 많은 사람들일 거라고 생각하니 갑자기 그 뒷모습이 여간 쓸쓸한 게 아니었다.

나는 그제야 멋진 야경뿐만이 아니라 그 앞에 마주하고 있는 사람들의 모습이 더욱 아름답게 느껴졌다.

누군가는 행복한 순간을 기록하고 있었고 누군가는 복잡한 마음을 정리하고 있었고 누군가는 소중한 사람과 체온을 나누고 있었다. 각자의 방식으로 그 순간을 소중하게 남기는 모습을 보며, 나는 그 자리에서 쌓여 있던 마음들을 꼭 정리해야겠다고 다짐했다. 오늘 이곳에 전부 버리고 갈 것이라고. 함께 온 친구에게도 고맙다고 인사를 전했다.

내내 집에만 있었더니 버리지 못한 게 많다고. 하지만 오늘 너로 인해 버릴 수 있었다고,

그리 전했다.

침묵의 시간

여간해서는 당신의 마음과 내 마음을 다 알아챌 수 없었습니다. 서로의 표정과 말투를 살피며 좀 더 조심스러웠을 뿐 당신이 무슨 생각을 하는지 무엇이 문제였는지 알아챌 수 없었습니다. 다만, 그 하나만은 알 것 같습니다. 그런 와중에도 우리는 서로의 마음을 파헤치지 않고 존중했다는 것을요. 함부로 서로의 마음을 멋대로 읽고 확신하지 않았다는 것을요. 그걸로 됐습니다. 비록 서로에게 침묵의 시간이 많아졌지만, 그 또한 서로를 사랑하기 위한 방식이라고 생각하니 한결 낫습니다. 억지로 우리가 사랑하고 있음이 아닌 어떻게든 사랑하고 싶다는 마음이라 믿어 의심치 않습니다.

계절이 바뀌어 갈 때

날씨가 딱 그랬다. 한껏 그리움을 집어삼킨 것처럼 여기저기에 쓸쓸함이 묻어 있었다. 창밖을 보니 앙상해진 나무가 한그루 서 있다. 나는 나무를 바라보며 생각했다. 지난해 아름다웠던 벚나무가 많이도 쓸쓸해져 있다고. 모든 것에는 한껏 아름다운 순간이 있다고.

내가 빛나던 순간도, 누군가가 빛나던 순간도 분명 존재했다. 그렇게 한껏 화려했던 순간이 지나고 나면 초라한 내가 되어 있거나 나무처럼 앙상해진 내가 있었다. 돌이켜보면 우리도 계절처럼 아름다운 순간이 있고 초라한 순간이 있었다.

날은 추운데 햇볕이 따스한 날이면 그리움은 더욱 강하

게 스민다. 안 그래도 쓸쓸한 마음, 한껏 차가워져 있는데 계속해서 그 마음을 녹이려는 것 같았다. 곧 있으면 계절이 바뀐다. 쓸쓸해진 나무를 바라보거나 추운 날씨에도 변덕스레 햇살을 손으로 가릴 날이 얼마 남지 않았다.

아마 이 순간을 영영 잊지 못할 것 같다. 또다시 내가 초라해질 때면, 계절은 다시 바뀔 거라고 말해주어야 하니까. 언젠가는 다시 아름다운 순간이 올 거라고 그러니 너무 슬퍼하지 말라고 나를 다독여주어야 하니까.

또다시 초라해지는 순간이 다가올 때면

계절은 바뀌고 다시 돌아올 거라고 말해줄게.

돌고 돌아 다시 아름다운 순간이 올 거라고

그렇게 다독여줄게.

유독 날씨가 좋았던 오늘로부터

유독 날씨가 좋았던 오늘. 좋은 사람과 나란히 걸으면 더 좋을 그런 날이었다. 손을 꼭 마주 잡고 시시콜콜한 이야기를 나누며 걷고 싶은 그런 날.

나는 참 이상하게도 곁에 아무도 없을 때면 그날따라 날씨가 좋다는 생각을 많이 한다. 어쩌면 누군가 곁에 있을 때는 보이지 않았던 것들이, 나 혼자 있을 때면 괜스레 아름답게 보이기 때문일지도 모르겠다.

매번 그랬던 것 같다. 불행한 것은 함께일 때 더 자주 눈에 띄었고 행복한 것은 우리가 남이 되었을 때 많이 보이곤 했다.

길을 걷는 내내 날씨가 좋다고 느끼면서도 가슴 한구석이 자꾸만 아려왔다. 왠지 모를 나의 사랑과 이별이 오롯이 내 잘못인 것처럼 느껴진 탓인지 그때 그 사람을 좀 더 사랑하지 못했다는 죄책감 때문인지 또다시 생각하고 싶지 않았던 감정들이 흘러나왔다.

날씨가 한창 좋은데

내 걸음은 계속해서 집을 향해 걷고 있었다.

빨리 벗어나고 싶었다.

유독 날씨가 좋았던 오늘로부터.

당신이 행복했으면 좋겠어요

모든 관계에 있어 너그럽거나 이해가 깊은 사람은 아니에요. 그저 당신이니까 가능했던 거죠. 그러기 위해 나는 몇 번이고 아픈 마음을 붙들어야 했어요. 그러지 않으면 내가 당신에게서 곧 떠나갈 것 같았거든요. 내가 당신을 사랑하면서 주었던 이해와 배려는 결코 당연하게 여겨질 일이 아니에요. 그런데 당신이 느끼기에 나의 이해와 배려가 당연한 일이라고 여겨졌다면 나는 당신과 사랑하지 않을래요. 나의 노력이 당연한 게 아니라는 걸 알아주어야 나를 사랑하는 거죠. 그 아프고 힘든 걸 하기 위해 애쓰는 나를 고맙게 여겼어야죠.

어쩌면 당신과 나는 처음부터 달랐던 거예요. 다가온 마음이 서로 다른 층에 머물러 아무리 불러도 알아차릴 수 없었던 거예요. 그런데요, 그래도 난 괜찮아요. 당신을 너그럽게 이해하면서 너무도 많이 아팠거든요. 그래서 우리가 남이 되어도 마음을 도려내듯 아프진 않을 거예요. 늘 당신의 일이라면 최선을 다했잖아요. 그래서 도리어 홀가분하고 속 시원할 거예요. 당신을 사랑하는 동안 참 많이도 아팠는데 이제는 나 자신을 칭찬해주고 싶어요. 최선을 다했으니 된 거라고. 그 아픈 걸 참아온 내가 대견하다고. 그리고 이제는 그 아픈 일, 더는 하지 말라고. 말할 거예요.

그리고 당신도 언젠가는 알았으면 좋겠어요. 누군가로 인해 아픈 게 무엇인지. 당신을 더 사랑해주는 사람보다 당신이 좀 더 사랑하는 사람을 만나서 나처럼 애쓰고 애쓰다 지치는 게 어떤 느낌인지. 그리고 또 다음 사랑을 하게 되면 그땐 아프지 말고 행복했으면 좋겠어요. 그 아픈 거, 더는 하지 말고 행복해지세요. 난 그거면 돼요.

얼마나 많은 것을 안고 살아왔을까요

지금 내가 슬픈 이유는 어른이고 싶지 않은데 어른이라서 그래요. 어른이 아니라고 부정할 수 없어서 그래요. 어른이라서 모든 걸 이해해야 해서 그래서 그래요.

나이가 든다는 건 내가 감싸 안고 싶지 않은 것도 안고 가야 한다는 뜻이죠. 그게 얼마나 슬픈 건지 이제야 알 것 같아요.

어디 털어놓을 곳도 없던 아빠는 얼마나 슬펐을까요. 나에게 짠, 하고 경쾌한 소리로 잔을 내미는데 왜 내 마음은 이리 아플까요.

홀로 얼마나 많은 것을 안고 살아왔을까요. 지금까지.

아무리 희미한 것이라 할지라도

눈에 보이면 존재하는 거죠.

완전히 잊히지 않았다면,

내게서 떠나간 것은 아무것도 없을 거예요.

계속 존재할 거예요. 당신도 나도 희미하게 계속.

어렴풋이. 모호하게. 영원히.

완주

본디 달리는 사람보다 천천히 오래 걸어 완주하는 사람이 주변에 있는 것들을 더 많이 볼 수 있어요.

이보다 값진 경험도 없죠. 걸어야만 볼 수 있는 거니까요.

그러니 당신은 조급해하지 말고 오늘의 아름다움을 둘러보며 조금씩 그리고 천천히 바라보며 나아가요.

당신은, 당신만의 완주를 끝마치면 되는 거예요.

각자의 향기

사람에겐 저마다 각자의 향기가 있다. 그것은 외모나 재력에서 나오는 향기가 아닌 온전히 마음에서 나오는 향기다. 그래서인지 요즘은 나도 사람을 볼 때 눈이 마음을 향한다. 좀 더 따듯한 사람, 마음이 깊은 사람, 이해심을 가진 사람, 배려가 배어 있는 사람, 시간이 흐르면 흐를수록 서로에게 잘 맞춰줄 수 있는 사람을 원해간다.

이상적인 향기를 가진 사람은 아마 외모나 재력을 갖춘 사람이 아닌 따듯한 마음을 갖춘 사람일 거다. 하지만 마음을 갖춘 사람을 만나는 일이 쉬운 일은 아니다. 자신이 굳게 믿는 사람이 아닌 이상 쉽게 마음을 내보이지 않는 일이 태반이기 때문이다. 그렇다고 해서 빠른 포기를 해선 안 된다. 그 안에서 꼭 향기로운 사람을 찾아내야 한다.

어쩌다 스친 인연일지라도 한 사람을 만날 땐 그 사람이 내게 마음을 다 열어줄 때까지 그를 판단해선 안 된다. 누구든 그렇지 않은가. 내 마음을 보이고 싶은 사람이 있는가 하면 절대 마음을 보이고 싶지 않은 사람이 있다. 또 마음과 마음 사이에 거리를 두고 적정한 시기를 생각하기 때문에 쉽게 향기를 뿜어내지 않은 것뿐이다. 해서 만남에서는 늘 신중함이 필요하다는 의미이다. 그 잠깐의 시간으로는 상대를 충분히 알 수 없고 이해할 수 없기에 적당한 시간을 두는 것이 필요하다.

백 번 중에 백 번

당신의 모습이 어떠하든 당신의 말들이 어떠하든 나는 전혀 개의치 않아요. 내가 알고 있는 당신 모습은 적어도 남들이 쉽게 말할 수 있는 모습은 아니니까요.

백 번의 말이 나를 흔들어도 나는 단 한 번의 흔들림도 없을 거예요. 적어도 나는 당신을 잘 아는 사람에 속했으니까요.

나는 당신을,
백 번 중에 백 번 믿는 사람입니다.

웃음이 많고 예쁜 사람

언뜻 보면 당신은 상처가 많은 사람처럼 보이다가도 그 상처를 어떻게든 숨기려고 애쓰는 사람 같아요.

모든 걸 터놓을 수 있는 사람들에게도 어떻게든 마음을 감추려 하는 것 같았거든요. 막 서운한 감정들이 밀려올 때쯤 당신이 그러더군요.

"힘든 걸 공유하고 싶지 않아요. 누군가가 나를 떠올릴 때 괜찮을까 걱정하게 되는 사람으로 기억되고 싶지 않아요. 그래서 자꾸만 숨기게 되네요. 자연스레 누군가에게 웃음만 보이게 되네요. 그게 내 행복인가 봐요. 감정을 묻어둔다고 해서 내가 웃음을 잃는다거나 더 힘들어지는 건 아니에요. 오히려 누군가에게 내 아픔을 보였을 때 나는 더욱 아파요."

그 말을 듣는데 당신의 마음을 함부로 들춘 나 자신이 부끄러워지더라고요.

그래요. 아픔이 좀 많으면 어때요. 그 아픔 상처들을 좀 숨기면 어때요. 당신에게 나라는 사람도 걱정보단 웃음으로 기억되고 싶었는데 그러고 보니 당신 마음도 이런 거구나 싶더라고요. 당신만 괜찮다면 나도 괜찮아요. 당신 생각하면서 걱정하지 않을게요. 그저 웃음이 많고 예쁜 사람으로 기억할게요.

두 계절

내 마음이 당신 마음 언저리에 닿을 때쯤이면 계절이 조금 바뀌어 있을 거예요. 습하고 더웠던 계절 지나 춥고 시린 겨울일 거예요. 두 계절이 지나도록 나는 당신을 알아야 했었거든요. 당신이 좋아하는 게 무엇인지 어떤 행복을 누리길 원하는지 차근차근 알아가고 싶었으니까요. 실은 늘 조급했어요. 당신 마음이 금세 다른 곳을 향할까 봐서. 하지만 당신에게 신중해지고 싶어 두 계절을 보냈어요. 그리고 이제는 당신을 만나 춥고 시린 겨울을 따스하게 보내고 싶어요. 그러니 우리 이제 사랑을 해요.

초지대교

초지대교를 건너다 하늘이 너무 아름다워 한참을 바라보았던 때가 있었어. 눈을 떼지 못하고 바라보았던 끝내 울컥하고 말았던 그 아름다웠던 하늘과 바다. 감동의 순간 속에서 잔잔하게 일렁이다가 끝내 몰아치고 말았던 그 밤 초지대교. 그 아름다운 풍경을 눈에 담아냈다가 이내 마음속에 담아내 나는 한참을 흔들리고 말았어. 그렇게 흔들림이 끝나고 난 뒤 온 마음에 달콤한 여운이 남아버렸지 뭐야. 나는 몇 번이든 좋으니 마구 흔들리고 싶었어. 아름다운 것을 자주 보고 자주 감동하고 싶었어. 아름답고 귀중한 것은 정말이지 너무 달콤하잖아. 그걸 잊지 못해 우리는 삶을 이어가는 거고.

긴 여백이었던 하루가 아름다움으로 잔뜩 물들어버리는 거, 정말 멋진 일이지 않니. 그렇다면 우린 몇 번이고 흔들리자. 몇 번이고 일렁이다가 몰아치자. 그리고 꼭 지금보다 더 행복해지자.

사소한 마음에서 나왔다

사소한 마음에서 나왔다
너를 사랑하게 된 것들
너의 사소한 걱정과 너의 사소한 말들이
나를 움직이게 만들었으니까

사소한 시작으로
사랑을 하게 되었으니
사소한 모든 것을 오래도록 잊지 않아야지

사소한 모든 것을 오래도록 감사히 생각해야지
너의 사랑이 꼼짝 않던 나를 움직이게 만들었으니까

마음을 두드릴 때

좋아하는 것은 확실하게 내 것이라고 말할 수 있어야 해요.
내가 원하는 색으로 진하게 물들 수 있어야 해요.
어쩌면 당신도 그게 필요할지 몰라요.

물들어 가는 것.
서서히 그 색에 스며 살아가는 것.
내 것으로 만들고 또 진하게 사랑하는 것.

한 번쯤은 내 것이었으면 하는 게
마음을 세게 두드리곤 하잖아요.

행복해질 준비를 할 거야

내가 살아가는 지금이
어쩌면 가장 아름다운 순간일지도 몰라.
그러니 가장 아름다운 지금 이 순간을 있는 그대로 즐길래.
그리고 더욱 더 행복해질 준비를 할 거야.
왜냐고? 나는 행복이 좋으니까.
아무런 준비도 없이
행복을 바라는 사람이 되고 싶진 않아.
나는 행복해질 준비를 할 거야.
어떤 순간이 내게 오더라도.

러시아에서 만난 인연 1

러시아 여행 중에 만났던 오빠에게 생일 선물로 와인을 보낸 적이 있었다. 오빠는 여행 이후 연락이 뜸했던 내가 불쑥 보낸 선물에 많이 놀란 듯 보였다.

나는 그런 오빠에게 차분하게 말을 건넸다.

"오빠, 어쩌면 그냥 지나칠 수 있었을 인연이지만 그냥 지나치고 싶지 않아서, 붙들고 싶어서 이렇게나마 안부를 전해요."

오빠는 한참 뒤에 답장을 보내왔다.

"정말 최고의 선물이야. 멋없는 오빠라 고맙다는 말밖에 못 하네 고마워."

나는 그 말에 어떤 대답을 해야 할까 고민하다가

"아뇨, 고맙다는 말보다 듣기 좋은 말도 없죠."라고 답했다.

그리고 덧붙여 고맙다는 말은 가장 듣기 좋은 최고의 표현이라고 그러니 오빠가 나에게 해준 건 최고의 답례라고 전했다.

한참 뒤 다시 메시지가 왔고 나는 일렁이는 마음을 붙들고 한참을 흔들려야 했다.

"아무래도 나는 너를 만난 게 가장 고마운 선물인 것 같아."

러시아에서 만난 인연 11

살아가다 보면 새로이 만나는 사람에게서 배울 수 있는 일이 무수히 많습니다. 만남이 얼마나 중요한 것인지 그 만남으로 인해 내가 어떤 사람인지도 알 수 있죠. 세상에 좋은 사람 나쁜 사람 뚜렷하게 정해진 것은 없습니다. 그저 좋은 사람을 만나면 좋은 내가 되고, 나쁜 사람을 만나면 도리어 나쁜 내가 되는 거죠.

그러니 되도록 사람을 만나는 일이나 사람을 대하는 일은 할 수 있으면 최대한 해보는 것이 좋습니다. 그러다 보면 나도 모르는 사이에 나를 위하고 나를 사랑해주는 사람이 늘어나 있을 것입니다.

좋은 마음,
좋은 시선

몇 번의 시련을 지나도 너의 봄은 따스했으면 좋겠어.
네가 좋아하는 것들 네가 사랑하는 것들 곁에 두고
웃음꽃 피웠으면 좋겠어.

좋은 마음, 좋은 시선으로 따스한 봄이 되었으면 좋겠어.

무작정 여행을 떠나기를

무작정 여행을 떠나기 시작한 지도 일 년이 되어갑니다. 스물다섯이 돼서야 여행의 재미를 알게 되었거든요. 물론 그전에도 여행을 많이 다녀왔지만, 그 당시엔 어딜 가도 큰 의미를 두고 바라보지 않았거든요. 그래서 소중함을 잘 몰랐던 거죠. 요즘은 제가 사는 김포에서 가까운 인천이나 일산을 가더라도 많은 의미를 두고 가요. 그게 얼마나 행복하고 들뜬 일인지 알게 되었거든요. 가서 무엇을 할지 무엇을 먹을지. 상상하는 것만으로도 벅찼거든요. 아니 이렇게 좋은 것을 왜 여태 몰랐을까 생각하면 억울하기도 하고 지금이라도 알게 된 게 어딘가 싶기도 해요. 물론 후회할 일은 아니죠. 제 주변에도 아직 여행의 행복이나 의미를 잘 모르는 사람들이 있거든요. 그러고 보면 저는 생각보다 일찍 여행의 묘미를 알아버린 것 같아요.

혼자 해외를 다녀온 게 가장 큰 도움이 되었죠. 물론 주변 사람들은 제게 미쳤다고 했어요. '여자 혼자 무슨 여행이야, 얼마나 위험한지 알고 가는 거야'라는 말들이 쏟아졌죠. 하지만 저는 아랑곳하지 않았어요. 그 정도의 모험 정신도 없이 어떻게 살아갈 수 있을까 싶었거든요. 인생은 모험이라는 말이 있잖아요. 그 말을 토대로 저는 겁 없이 모험했던 거죠.

힘든 일이든 어려운 일이든 스스로 겪어보지 않고선 깨닫지 못하는 것들이 많아요. 아픔도 힘듦도 부딪치는 어려운 고비들도 경험한 만큼 행복해질 수 있다고 생각하거든요.

어쩌면 살아가는 일이 다 그런 것 같아요. 힘들었던 만큼 행복해지고 행복했던 만큼 또 아프고. 다 그런 거라고 믿었기에 저는 위험을 무릅쓰고 혼자 여행을 떠났던 거죠. 무엇이 되든 좋으니까요.

무엇이 되든 경험하면 좋잖아요.

그게 행복이 될지 불행이 될지 아무도 모르는데.

남들 말 전부 신경 쓰면서 지낼 수는 없잖아요.

전부 내가 감당할 일인데.

전하지 못한 편지

수정아, 살다 보면 그럴 수 있는 거야. 어쩌다 실수도 해보고 잘못도 저질러보는 거야. 추운 겨울 지나 봄이 오면 벚꽃도 보러 가고 꽃이 지고 여름 오면 푸른 바다에도 가보고. 계절마다 볼 수 있는 아름다움은 마음껏 눈에 담고, 네가 경험할 수 있는 아픔과 행복은 할 수 있는 만큼 최선을 다해 겪어보는 거야. 마냥 앞만 보고 힘들다고 말할 것도 없이 뒤도 한 번씩 돌아봐주고 말이야. 세상은 보기보다 아름다운 것이 많아서 한곳만 바라보기보단 이곳저곳 바라보아야 참된 아름다움을 보는 거거든. 사는 거 참 재미있지 않니. 아무리 힘들어도 아름다운 게 주변에 많이 있잖아. 마음만 먹으면 할 수 있는 것들이 많아서 너무 행복하지 않니. 수정아, 너의 삶은 늘 청춘일 거란다. 마음만 먹으면 뭐든 볼 수 있고 담을 수 있잖니.

그러니 가끔은 넘어져도 아파도 괜찮단다.

살다 보면 다 경험하는 일이니까 정말 괜찮은 거란다.

마음을 다 주어도

마음을 다 주어도 가질 수 없는 것이 있는가 하면, 마음을 다 받아도 내 것이라 여겨지지 않는 것들이 간혹 있었다.

태도는 이성적이지 못할 때 이탈하기 마련이었고, 마음은 이성적이지 못할 때 상대에게 모든 걸 내보이곤 했다.

당신의 마음에 예쁜 꽃 피우기를

행복해지고 싶다는 마음보다 행복해야 겠다는 마음가짐이 더 중요하다. 모든 것은 마음먹기에 달렸으니까. 내가 이러했으면 좋겠다 하는 것은 오롯이 생각에서 멈추는 일이지만, 이렇게 해야겠다 다짐했을 때는 준비와 그 과정부터가 다를 것이다.

그러니 무엇을 하든 간에 우리는 시작부터 '해보자, 해야겠다' 하는 마음으로 시작하는 것이 좋다.

좋은 인식을 하게 되어 그 인식을 여러 번 심으면 예쁜 꽃을 피우기도 한다. 그리고 그 꽃을 피우게 되면, 우리는 불가능할 것 같았던 일들도 가능하게 만드는 휘황찬란한 힘을 가지게 된다.

찰나의 순간들

잊지 못할 찰나의 순간들이 있었기에 우리는 살아갈 수 있었던 거야. 훗날 다시 만나게 될 아름다운 순간들을 만나기 위해 우리는 살아갈 수 있었던 거야. 단지 힘듦을 이겨내고 지금의 아픔을 치유하며 버티고 버티는 것만은 아니라는 거지.

우리는 모두 똑같은 목표가 있었고 다가올 행복을 위해 더 열심히 살아가는 거야. 가끔은 두렵지만, 또 기대될 날과 두근거리는 날을 떠올리면서 살아가는 거지. 기대한다는 건 참 행복한 일이 아닐까. 어떤 일이 일어날지 아무도 모르는 거니까. 그래서 불안해할 필요는 없는 것 같아. 정말이야. 힘든 일이 몰려와도 우리는 어떻게든 이겨내려 애쓰니까. 가끔씩은 노력이 이탈하기도 하지만 금세 제자리를 찾으니까. 그리고 그 힘듦이 지나가면 반드시 행복이 오더라고.

부디 아픔에 당신 마음이 깊숙이 패이지 않길 바라.

견디고 견디다 보면 다가올 행복이 더 크니까.

계절이 좋으니 여행을 가자

내가 다시 웃을 수 있었던 건 내 곁을 둘러싼 사람들의 따듯한 격려와 위로가 한 치의 거짓 없이 진심으로 나에게 와닿았기 때문이다. 누군가에겐 별것 아닐 수 있는 말들이 내겐 더없이 큰 위로가 되었기 때문이다. 계절이 좋으니 여행을 가자는 말 한마디가 큰 힘이 되었기 때문이다. 그런 말을 해주는 고마운 사람들이 내 사람들이기 때문이다.

그 덕에 내가

다시 웃을 수 있었다.

2

작은 내 마음 다치지 않도록

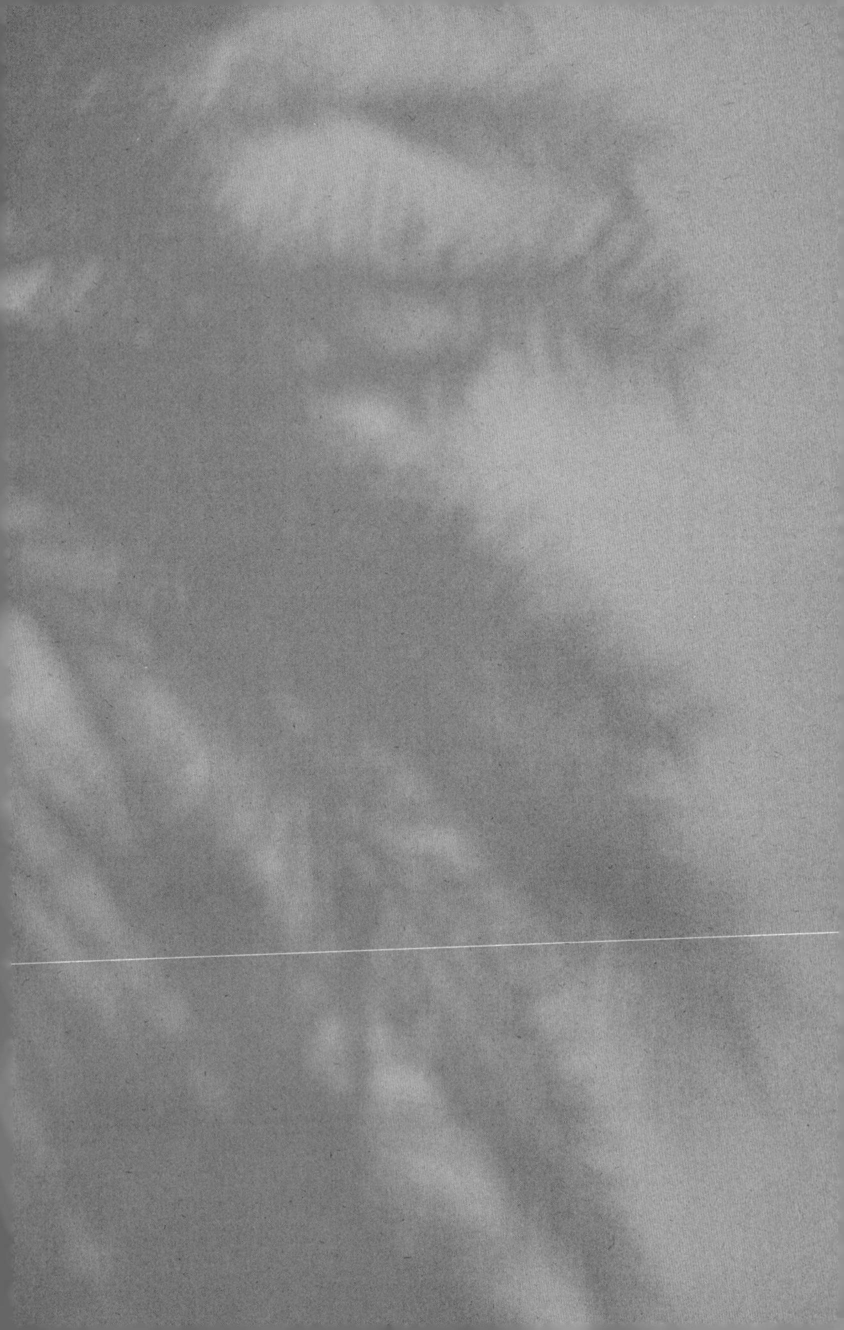

그 마음은 내가 다 알고 있어요

구구절절 설명하지 않아도 돼요. 당신은 이미 내게 많은 것을 보여줬는 걸요. 그 마음이 진심이라는 것과 온전히 나를 위했다는 것도요. 세심한 배려와 따듯한 시선을 내게 주었다는 것도요.

알아요, 어떤 사람이 나를 위하는지. 그 마음이 진심인지 아닌지. 내게 무엇을 전하고자 하는지. 또 무엇을 받고자 하는지. 많은 것 앞에서 눈치 없는 나지만 당신이 말하고자 하는 마음만은 잘 알아요. 그러니 구구절절 설명하지 않아도 돼요. 그 마음은 내가 다 알고 있어요.

어른이 되면

어른이 되면 모든 것에 성숙해질 줄 알았다. 어려운 선택 앞에서 현명한 길을 가리라 믿었고 인간관계에 대해서 좀 더 관대해질 줄 알았다. 사랑 앞에서 어른스러워질 줄 알았고 이별 앞에서 차분할 줄 알았다. 하지만 어른이 되면 될수록 성숙해지기보다는 도리어 어린아이가 되어가는 것 같다. 더 많은 선택 앞에서 망설이고 인간관계에 가슴 졸이며 사랑과 이별 앞에서는 눈물을 참지 못한다.

어릴 적에는 누군가에게 정을 주는 일이 어렵고, 또 깊지 않아서 좀 더 쉽게 관계를 맺고 끊을 수 있었지만, 지금은 아주 약간의 마음만 나누어도 쉽사리 끊어낼 수 없는 정이 오가고 만다. 그래서인지 자꾸만 마음이 병들고 나약해지는 기분이 든다. 밥을 먹어도 든든하지 않고 재미난 드라마를 보아도 설레지 않는다.

우리에게 중요한 것은 무엇일까.

떠나지 않는 사람들의 애정을 지키는 것일까,

아니면 적당히 관계를 끊어내야 하는 냉정함일까.

괜히 큰 우산을 들고 나왔어

괜히 큰 우산을 들고 나왔어. 씌워줄 사람도 없는데 혹시라도 누군가를 씌워줄 일이 생기지 않을까 싶은 마음에 괜히 큰 우산을 들고 나온 거지. 나는 늘 이렇게 준비된 사람인데 다가오는 사람이 없을 때면 그 큰 우산을 혼자 쓰고 쓸쓸히 빗소리를 들어야만 해. 분명 누군가와 함께라면 이 빗소리마저 듣기 좋았을 텐데, 오늘은 이 큰 우산에 떨어지는 빗소리가 마냥 무섭기만 해.

누군가를 좋아하기 위한 준비는 생각보다 어렵구나. 너무 크고 어둡구나.

만일 내일도 비가 내린다는 소식이 있으면 그냥 작은 우산을 준비해야겠어. 아직은 아닌 것 같아. 그냥 좀 더 편안할래. 좀 더 나를 향할래. 좀 더 나를 사랑할래.

당신이라면 어떻게 했을까요

마음이 자꾸만 작아질 때면, 반대로 생각해보자. 나라면 어떻게 했을지. 힘들다는 말에 덜컥 상처받고 아파할 것인지 아니면 내가 가진 전부를 전할 것인지.

분명히 내가 느끼는 것과 내 주변 사람이 느끼는 것은 비슷할 것이다. 서로를 생각하는 마음은 이미 함께 지내오면서 많이 나누었으니까. 그러니까 나와 비슷한 선택, 비슷한 마음일 것이다. 아니 그냥 그렇게 믿고 싶다. 나의 소중한 사람들을.

여수 밤바다

멍하니 앉아 지나가는 구름을 바라보았다. 얼마나 지났을까, 새하얗던 구름이 붉게 물들어가고 있었다. 붉게 물드는 모습을 보고 있자니 그 모습이 마치 사랑을 시작한 소녀 같았다. 그렇게 한 소녀를 상상하다 저만치 멀리에 있던 해를 보았다. 서둘러 집으로 돌아갈 채비를 하고 있던 해는 왜인지 더 예뻐 보였다. 무언가를 한다는 것과 했다는 것에 대한 기쁨 때문일까. 해는 더욱이 아름다운 모습으로 반짝 나타났다가 반짝 사라진다. 사람들은 해의 뒤를 좇는다. 아쉬울 때까지, 해가 집으로 돌아가 보이지 않을 때까지, 그 모습을 멍하니 바라본다.

저들은 무슨 생각을 하고 있을까, 무슨 생각을 비우고 또 채워 넣고 있을까. 문득 궁금해졌다.

그러고 보니 나는 늘 내 생각을 채우기보다는 다른 사람들의 생각을 궁금해했다. 나는 나로서 이미 충분하지만 다른 사람들의 삶은 가끔 아파 보였기 때문이다. 나는 그런 사람들을 보면 괜히 끼어들고 싶었다. 그 아픔에 잠시나마 보호막이 되어주고 싶고 내가 무엇을 할 수 있을까 하는 생각으로 회피하기보다는 무엇이든 해보자는 생각으로 오지랖을 부려보고 싶었다.

예전에는 누군가의 삶에 엮이지 말자는 다짐을 굳게 한 적이 있었다. 사람에게 크게 데이니 사람에 대한 믿음이 완전히 사라져버렸다. 그렇게 혼자만의 세상에서 혼자만의 삶을 꾸려나가는 일이 나를 위한 일이라고 생각하면서 지냈다. 물론 잘 지냈다. 아무 탈 없이 누군가와 다툴 일 하나 없이. 하지만 전혀 즐겁지 않았다. 마음은 늘 불안했고 혼자 동떨어진 기분이 들어 늘 외롭고 쓸쓸했다. 그래서 다짐했다. 내가 좀 아프더라도 누군가의 삶에 엮이면서 살아가자고. 그게 더욱 의미 있는 삶일 거라고. 나는 또 한 번의 큰 다짐을 했다. 그래서 이제야 충분하다고 말할 수 있다. 내가 느끼는 행복이 무엇인지 알기에. 그게 나를 충족시키는 일이기에.

그래서 요즘은 좋아하는 사람들의 세상에 자주 들어선다. 함께 마음을 나누고 함께 눈물도 흘린다. 그 사람의 아픔이 내게 닿으면 온 마음이 쓰라리지만, 함께 쓰다듬어주고 헤쳐 나갈 때마다 나는 지금 살아 있구나 다시 한번 느낀다.

미동 없던 심장이 힘차게 뛰는 걸 느낀다.

어쨌거나 나는 늘 준비된 사람이다. 이미 마음이 충분하고 큰 다짐을 한 사람이다. 그러므로 누군가의 생각을 읽고 함께하고 싶다. 어쩌면 사랑에 빠져 발그레해진 모습 같던 그 구름이 지금 내 모습과 비슷할지도 모르겠다. 나는 붉어진 구름이 참 예뻤는데, 누군가에게 내 모습도 그렇게 보일까 생각했다.

부디 그랬으면 좋겠다. 충분히 따듯한 사람으로 보였으면 좋겠다. 내 노력이 잠시 머물다 떠나는 마음이 아니라 오래 머물다 그곳에서 피어날 꽃이라고 그리 여겨졌으면 좋겠다. 나의 큰 다짐이 쓸데없이 헤픈 오지랖이 아니었으면 좋겠다.

보폭을 줄이는 일

너를 위해 가장 먼저 하고 싶은 일이 있어. 함께 걸을 때 보폭을 줄이는 일. 밤이 되면 빛나는 곳이 꽤 많거든. 나는 그곳을 너와 함께 한 걸음 한 걸음 천천히 걷고 싶어. 반짝이는 어느 앞에 서서 이런저런 이야기를 나누고 싶어. 네가 있어야만 이곳이 더 아름답다고 말해주고 싶어.

그러니 나와 함께 가자. 걸음이 느린 너를 위해 천천히 걸어갈게. 네가 전혀 눈치채지 못하도록, 원래 내 걸음인 것처럼 그렇게 걸어갈게.

후회가 아니기를 바라건대

모든 흔적은 살아 있었음을 알린다.

매일 어김없이 흔적을 남기고 살아 있었음을 자신에게 알린다. 머나먼 미래의 나는 지금의 흔적을 보며 회상할 것이다. 내가 어떤 하루를 보내왔는지. 행복했는지. 불행했는지.

그럼 적어도 오늘의 하루가 후회스러운 회상이 아니기를 바라건대. 후회스럽지 않은 멋진 하루를 보내야겠지.

아, 그렇다면 이건 매일매일 풀어야 하는 숙제 같은 것이겠구나.

충분히 안부를 전하지 못했어

혼자로 지내다 둘이 하나가 된 순간부터 우린 서로의 구석구석을 잘 살폈어야 했어. 나는 너의 하루를 물었어야 했고 그 하루를 함께 나눴어야 했어. 하지만 나는 너에게 충분히 안부를 전하지 못했어. 분명 너를 사랑했지만, 아직 혼자인 게 익숙한 나라서 그러지 못했어. 네가 그런 나를 두고 떠나가는데 차마 붙잡지 못했어. 내가 사랑한다고 해 놓고 아무것도 전하지 못해서 붙잡을 용기가 안 났던 거야. 나는 혼자가 익숙하다는 핑계로 사랑을 버린 거지.

어쩌면 나에게 네가 그것밖에 안 되는 사람이었던 걸까. 아니면 원래 내가 그런 사람인 걸까. 아니면 너에게만 그런 사람이었던 걸까. 점점 나를 잃어가는 이상한 기분이 들어. 그래서 이제는 내가 어떤 사람인지도 잘 모르겠어. 질문은 계속 늘어만 가. 어차피 돌아오지 않을 답이라는 걸 알면서도.

더듬더듬 무언가를 찾긴 하는데 무엇이었는지는 잘 모르겠고, 그게 무엇이든 간에 그냥 내 것이길 바랐던 것 같아.

차라리 혼자였으면 좋았을 거야. 네가 내 곁에 있다 사라진 순간 나는 모든 것 앞에서 나를 잃어버렸으니까. 그냥 너를 모른 채 살았어야 했어. 그럼 적어도 해가 저무는 바다를 보며 울지는 않았을 테니까. 아름다운 것은 다 너였는데 네가 없으니 어떤 걸 보아도 아름답지가 않잖아. 온통 어둠이잖아. 아무것도 할 수가 없잖아. 내가.

나를 향한 것을 사랑하기로 해요

그리움이 길어지면 지울 수 없는 아픔이 되고
미련함이 길어지면 영영 잊을 수 없는 기억이 된다
우리는 늘 적당한 선에서 걸음을 멈췄어야 했지만
걸음을 멈추는 일이 뛰는 심장을 멈추는 것처럼
불가능하게만 느껴져
마음 하나만으로는 아무것도 할 수가 없었다

작정하고 그 선을 넘어섰을 때와
그 깊은 곳을 들어섰을 때
나는 외로움과 고독함 속에서
영원히 아플 것을 알고 있었으면서도
이 알량한 마음의 고집을 꺾지 못해
스스로 고독의 인간이 되고야 말았다

이제는 지나간 것으로부터 가장 먼 곳에 있고 싶다
사랑해야 할 것이 너무나도 많으니까
알량한 마음으로부터 우리를 지켜내야 하고
나를 향해 걸음을 아끼지 않는
오롯이 나를 향한 사람을 사랑해야 하니까

먼 길을 떠나버린 사랑 깊숙이 박혀버린 사랑
이제는 그만 놓아주어야지
이 알량한 고집도
이제는 그만 놓아주어야지

그렇게 몰랐던 걸 서서히 배워가는 거야

어른이지만 가끔 서툴 때가 있을 수 있지.

또 잘 모를 수도 있는 거고.

나는 늘 서투르지만 그래도 잘했다고 생각해.

실수한 만큼 더 나은 내가 되어가려고 노력하니까.

괜찮아. 우리는 어쩌다 보니 어른이 되어 있었으니까

가끔은 실수할 수 있는 거야.

그렇게 몰랐던 걸 서서히 배워가는 거야.

너무 마음 쓰지 않았으면 좋겠어

완벽하게 어른이 되는 사람은 많지 않으니까

우리는 다 그렇게 어른이 되어가

실수로 인해 노력하게 되고

그게 나를 위한 일이었다고 그렇게
자신을 위로하며 살아가는 거야
그러니 좌절하지 않았으면 좋겠어
지금 우리가 견뎌내고 있는 이 과정이
더 나은 나를 만드는 순간이니까
나를 위한 일들을 너무 아프게만
바라보지 않았으면 좋겠어

마음의 병

마음의 병은 쉽게 치유되지 않습니다.

아무리 좋아하는 음식을 먹어도 좋아하는 드라마를 보아도 잠시나마 마음을 잊을 뿐, 아픔의 기억은 마음에 오래 남는 편이니까요. 가끔은 이유도 모르게 사랑을 받고 싶을 때가 있었어요. 흔한 미소와 작은 배려 혹은 나를 위한 선물 딱 그 정도요. 하지만 저 역시 그토록 받고 싶었던 것들을 받지 못했고, 끝내 마음의 병이 되기도 했었어요.

그런데 병이 커질수록 나는 스스로를 멀리하기 시작했고 점점 내 모습을 잃어가더라고요. 아, 이대로 더는 안 되겠다 싶은 마음에 스스로 병을 고치자 다짐했죠. 처음엔 막막하더라고요. 방법을 모르니까 어떻게 해야 할지 많이 고민하고 아파했어요. 그래도 고심 끝에 방법을 찾았죠. 내가 받고자 했던 것들을 오히려 사람들에게 나누어주는 방법으로요. 나로 인해 타인이 행복해하는 것이 자연스레 나의 행복이 될 거라는 생각으로요.

과하다 싶을 만큼 행하는 배려 때문인지 어떤 사람들은 제게 꼭 그렇게까지 해야 하냐고 걱정스럽게 물어와도 저는 전혀 개의치 않았어요. 누군가를 위한 마음은 오지랖이 아니라 오히려 행복이었으니까요. 물론 저의 그런 행동을 여전히 걱정하고 비난했던 이들이 있었지만 끝까지 그들을 미워하지 않았어요. 사람의 마음을 평가하는 것은 그들만의 자유니까요. 그저 서로 생각하는 마음이 조금 달랐을 뿐이라고 그렇게 믿었어요.

그런 날들이 있다

내가 아무것도 아닌 것만 같은 그런 날들이 있다. 좋아하는 사람과 밥을 먹는데 그 사람이 나를 좋아하지 않는 것 같은 그런 날들이 있다. 아름답다고 생각했던 꽃잎이 조금씩 시들자 어느 순간 더 이상 꽃을 가만히 바라보고 있지 않게 되었다.

어쩌면 나도 시들었기 때문은 아니었을까. 행복으로 가득했던 시선이 한번 흔들리기 시작한 뒤로는 모든 게 다 엉망이 되었다. 아무것도 아닌 나처럼 세상에 덩그러니 남겨진 나처럼 아무것도 할 수 없었던 그때 그 시절의 나처럼.

내가 아무것도 아닌 것만 같은 그런 날들이 여럿 있었다.
우리는 대부분 그렇게 살아간다. 아무것도 아닌 것처럼.

안일해지는 마음 앞에서

최소한의 노력도 없이 누군가의 마음을 얻고자 하는 사람이 되지는 말아야지. 기꺼이 내 시간을 투자해야지. 아끼고 아껴두었던 돈으로 작은 선물을 자주 해야지. 그 사람이 만족할 때까지. 나를 바라볼 때까지. 나를 사랑해줄 때까지.

내가 그 사람을 사랑하는 만큼, 그게 최소한이든 최대한이든 나는 넉넉히 노력해야지. 그 사랑의 결말이 행복한 결말이든 슬픈 결말이든 그런 건 상관없으니까. 그 사람을 사랑했다는 마음 앞에서 내 노력과 마주했을 때 그 모습이 우스워지지 않도록 해야지.

사랑하는 일은 언제나 내 자유이지만 그 자유가 해이해지기 시작하면 걷잡을 수 없이 풀려버리고 말 테지. 우리는 언제든 풀려버릴 수 있는 마음을 꽉 잡을 준비가 되어 있어야 해. 익숙해지면 금세 안일해지는 마음 앞에서 준비된 내가 되어야만 해.

스스로에게는 조금
모난 사람이 되더라도

선택 앞에서 바보가 되는 나지만 그래도 선택 앞에 나란히 마주한 사람들에게 매번 친절한 나 자신이 고맙다. 내가 스스로의 욕망과 쟁취욕에 빠져 배려라고는 한사코 찾아볼 수 없는 그런 사람이 아닌 것에 고맙다. 비록 나 역시 부족한 부분이 많지만, 지켜내야 할 것은 확실하게 지키는 나에게 고맙다.

스스로에게는 조금 모난 사람이 되더라도 남에게는 모난 사람이 되지 말자. 배려와 이해를 적당히 나눌 수 있는 사람이 되자.

어쩌면 배려는, 누군가를 위해서가 아닌 나를 위해서 행하는 것일지도 모른다.

있는 그대로

"나 얼마큼 사랑해?"

당신은 언젠가 나에게 이런 질문을 던졌죠. 사랑의 정도를 양으로 측정할 수 있는 것이라 생각했던 당시의 나는 '아주 많이'라고 답했었어요. 기억하나요?

요즘엔 이렇게 생각해요. 사랑이 '정도'로 매겨질 수 있는 것일까. 지나온 시간을 돌이켜보면 사랑하는 데에는 정도가 없었거든요. 만일 언젠가 저와 사랑하게 되는 사람이 또다시 같은 질문을 한다면 '아주 많이'라는 값어치를 매길 것이 아니라 사랑에는 정도가 없다고. 우리가 바라보는 감정과 시선, 전해지는 마음, 있는 그대로라고 말해주고 싶어요.

사랑도 삶도 결국 노련해지네요.

경험이 없었다면 늘 비슷한 말이 내게 머물렀겠죠. 지난 시간을 떠올리면 가슴 저밀 만큼 아픈 날들이었는데 한편으로는 그 아픈 날들이 제게 노련함을 선물해준 셈이네요. 고맙다는 말은 생략하고 그냥 열심히 살아가겠다고 조용히 웅얼거렸습니다.

바라보는 시선의 방향이 삐뚤면 지나온 시간, 현재의 시간, 다가올 시간 역시 기울어지기 마련이에요. 언제나 적당함을 유지할 수 있으면 좋겠고요. 어느 하나 적게 혹은 많게 판단하며 살아가다 보면 한없이 불만스러운 삶이 될 거예요. 주어진 것의 정도나 가치를 따질 것이 아니라 주어진 것으로 어떻게 행복해질까 생각하면 좋겠어요.

이미 슬픈 사람

슬픔 앞에 노련한 사람은
슬픔을 느끼지 못해서가 아니다
그렇다고 행복이 더 커서도 아니다

그 마음은 이미 슬픔으로 가득 차서
더는 들어설 곳이 없어서
그래서 그런 거다

우리에게 더 이상의 안부는 없다

구구절절 이야기하는 것엔 큰 흥미가 없다. 그저 내가 사랑하는 단어와 문장으로 마음을 전달하는 것을 좋아할 뿐. 언젠가 내가 주는 사랑이 자신이 느끼기에 턱없이 부족하다며 사랑하는 사람이 나에게 서운함을 토로했다. 내가 느끼는 것과 상대가 느끼는 것에는 분명한 차이가 있을 것이라고는 생각했지만 이토록 거리가 멀 줄은 몰랐다. 결국 우리는 그 차이의 간격을 줄이지 못해 이별하고 말았다. 나는 홀로 고민하는 시간을 보내야 했다. 적절한 단어들로 사랑을 주었음에도 불구하고 사랑을 주지 않았다는 말이 무슨 말인지 도통 이해할 수가 없었다.

얼마나 더 많은 말을 섞어내야 그에게 닿을 수 있었을지 생각하다 혼자 편지를 써 내려갔다. 사랑에 대해, 우리의 만남에 대해 평소엔 하지 않았던 말들을 두서없이 써 내려갔다. 두 장이 꼬박 채워졌을 무렵 우리의 이야기는 끝이 났다. 고작 이것밖에 안 되었나 싶다가 내가 그에게 전한 단어들이 이것뿐이었다는 것을 다시금 깨닫고 말았다. 우리가 사랑하는 동안 겪었던 수많은 날과 감정들이 단 두 장에 모두 기록됐고, 나는 처음으로 곁에 없는 당신에게 구구절절 사랑을 표출했다.

나는 천천히 적어낸 글을 읊었다. 시작부터 끝까지 읽는데 오랜 시간이 걸렸다. 그토록 행복했던 우리가 헤어진 까닭을 두 장의 편지로 알아야 했기 때문이다. 어쩌면 그가 원했던 것은 이런 게 아니었을까 하는 생각이 들기 시작했고 금세 눈물이 차올랐다. 그동안의 나는 나만의 단어들을 사랑한다는 핑계로 내가 사랑하는 사람에게 더 많은 것을 주지 못했다. 온전히 내가 사랑하는 것을 함께 사랑해줄 거라 착각하며 지내온 것이 상대에게 큰 실수를 범한 거였다.

나는 사랑 앞에 죄인이었다. 헤어지는 그 순간까지도 당신을 이해할 수 없다고 말했던 나를. 당신은 얼마나 오랜 시간 동안 참아왔고 나를 이해하며 버텨왔을지 한참을 생각했다. 기껏 눌러 담은 눈물이 터지고 말았다. 메말랐던 눈물샘이 마치 홍수가 난 것처럼 불어나더니 이내 넘쳐흐르고 말았다.

그날 밤 꿈에, 그리운 당신이 나왔다. 하지만 당신은 끝끝내 나를 허용하지 않았고 돌아서 자신의 세계로 홀연히 떠나고 말았다. 이 모든 것이 꿈이었으면 좋겠다는 생각마저도 산산이 조각나버렸다. 우리는 꿈에서조차도 허용할 수 없는 그런 사이가 되어버린 것이다. 사랑한다는 말이 턱끝까지 차올랐지만, 당신이 돌아서는 그 순간 사랑한다는 말은 내게서 죽어버렸다. '꿈에서라도 만나자'라는 말이 이토록 허무하게 무의미해질 수도 있는 걸까. 사랑한다는 말도 미안하다는 말도 이제 우리에게는 아무런 쓸모가 없는 걸까. 나는 왜 떠나간 당신을 붙들고 여전히 사랑을 구걸하고 있을까. 홀로 고집하던 단어와 문장들을 뒤로한 채 떠나간 당신의 뒷모습을 바라보며 애원하고 있는 걸까.

감정을 억누르지 못해 한참을 울었다. 후회가 깊어졌다가 이내 잔잔해지려 든다.

빗방울이 뚝뚝 떨어지나 싶더니 금세 해가 떴다. 넘쳐흐르던 눈물이 조금씩 마르기 시작했고, 나는 또다시 예전처럼 메말라가고 있었다. 이제 홍수 걱정은 줄었다. 당분간은 가뭄이다. 내 마음, 내 시선, 내 눈물샘 모두. 그리고 우리에게 더 이상의 안부는 없다.

다툼의 필요성

이해라는 것을 거르지 않고 무차별하게 하다 보니 언제부터인가 나는 모든 것을 이해하는 사람이 되어버렸다. 그가 저질러버린 잘못도 지켜지지 않은 약속도 모든 게 문제였지만 그냥 지나가고 말았다. 이해를 습관처럼 하고 살았다. 단지 그들과 언쟁하며 다투는 것이 싫어서였다. 하지만 관계에 있어 다툼은 꼭 필요한 요소라는 것을 알아차렸다. 매번 이해하다 보니 이해하는 사람은 속이 곪아 없어질 지경이고 이해를 받는 사람은 그게 당연해진 탓에 수시로 실수를 일삼는다. 결국엔 나만 상처받는 것이 아니라 나로 인해 상대방의 행동에도 문제가 생긴다. 일방적인 이해로 인해 서로를 위한 배려라곤 눈뜨고 찾아볼 수 없을 정도였다. 이게 과연 관계를 이어가는 데에 필요할까 생각이 들었다. 언성이 높아지는 한이 있어도 무엇이 잘못되었는지 잘잘못을 따졌어야 했다. 다툼이 꼭 나쁘다는 말은 아니다. 배려를 배우기에 적절하다는 의미다.

나를 해치는
모든 것들로부터

전부 그만두고 싶다. 나를 해치는 모든 것들로부터 도망치고 싶다. 사랑하는 것은 곁에 두되 해로운 것은 되도록 멀리하고 싶다. 하지만 그러기엔 너무도 가혹한 삶이라 좋고 싫은 것을 명확하게 걸러내거나 분리할 수가 없었다.

공기는 계속해서 차가워져 가는데 나는 아직도 반소매 하나만을 걸치고 길을 나선다. 제법 쌀쌀하긴 했지만, 닭살이 돋을 만큼의 추위는 아니었다. 그렇게 몇 시간을 걷다 집에 돌아왔는데 머리가 지끈 아파졌다. 두통이 시작된 이유가 방금 전에 마신 맥주 때문일까 생각하다 이내 추위 속에서 반소매만 입고 버티던 내 모습이 떠올랐다.

내가 생각하는 것과 세상은 다르다. 그리 쌀쌀하지 않다고 느껴도 세상은 이미 겨울을 가까이 들여놓았던 것이다. 나 역시 그 추위를 못 이겨 몹시 앓았다. 무엇이 옳은지 그른지를 잘 판단해야 하는 것은 쉬운 일이 아니다. 내가 생각하는 것이 옳다고 느끼며 살아왔지만, 막상 경험하고 나면 그것이 전부 정답이 아닐 때도 많았다. 틀릴 때가 대부분이었다. 그런 날이면 마음은 한껏 병든다. 속상함이 밀려오고 잃어버린 나에 대해 생각하게 된다.

끝까지 해답은 없다. 그저 살아가는 방법을 스스로 궁리해 새로운 방식으로 살아가는 방법뿐. 정해진 틀이 있었다면 이 세상 모든 이들이 적당한 때에 맞게 긴 팔을 입었을 것이다. 정해진 것은 없다. 자신이 느끼는 것과 세상이 주려는 것은 거리가 멀다. 겨우 한 뼘 차이가 아니다. 그러므로 우리는 가야 할 길이 멀다. 까마득해서 보이지가 않는다.

하지만 포기할 수는 없다.
포기하는 순간, 나는 매일 아플 테니까.
무엇이 옳고 그른지 더욱 판단하지 못할 테니까.

서로를 위하는 마음

우리의 결말이 어찌 되었든 사랑하는 동안 서로를 위하는 마음이 정성과 최선이었다는 것을 알기에 나는 그걸로 된 거라고 말할 수 있었던 거야. 내 마음이 그동안의 노력을 알기에 네 선택을 붙잡지 못했던 거야. 언젠가는 크게 후회할지도 몰라. 왜 너를 잡지 않았느냐고 나를 나무랄지도 몰라. 하지만 그건 내 몫이니 내가 알아서 살아갈게. 너는 그저 어디에서든 행복하기만 해. 너의 행복이 곧 나의 행복이니까.

여럿 있었습니다

매번 사랑이라는 것을 믿었으면서도 헤어지는 그 순간부터는 사랑이란 믿음을 가져선 안 된다고 다짐했던 때가 있었습니다. 사람은 순간의 감정에 약해서 늘 상처를 주고, 흉터를 남기고, 그리움을 만듭니다. 어쩌면 우리는 살아온 시간 동안 많은 상처와 흉터를 가지고 살아왔을 겁니다. 나도 모르는 사이, 믿음과 불신 사이에서 수십 번 오르내렸을 수도 있겠네요.

우리는 늘, 순간의 감정에 약하니까요.

사랑은 원래 그래요. 감정을 약하게 만들다가도 강하게 만들어버리죠. 그래도 강한 날보단 약한 날이 더 많을 거예요. 사랑하니까. 양보해야 하니까. 이해해야 하니까.

숨 못 쉴 듯 아픈 날도 있었고,

숨기고 싶은 흉터도 간직하며 살았던 날들이

저에게도 여럿 있었습니다.

나답게 살아가는 일

누군가에게 인상 깊게 남고 싶어 온갖 노력과 고생을 다 했던 시절이 있었어요. 왜 그렇잖아요. 좋아하는 사람에게 계속 생각나는 사람이 되고 싶은 마음이요. 그래서 소심한데 쾌활한 척하고 화장도 잘 안 하면서 진하게 화장도 해보고 어울리지도 않는 화려한 옷도 입어보고. 근데 그거 다 소용없더라고요. 그 사람은 '나다운 모습'을 좋아했던 거지 다른 사람들과 비교할 내 모습을 좋아한 게 아니더라고요. 제가 너무 어리석었어요. 그저 단순하게 바라보았으면 덜 힘들고 참 좋았을 텐데.

결국 사람은 자신의 색을 찾고 그 색에 맞게 살아가는 게 가장 강렬하고 아름다운 것 같아요. 살아 있는 잎과 죽어 있는 잎의 색이 있는 것처럼. 이게 낙엽인지 단풍인지 우리가 한눈에 알아볼 수 있는 것처럼. 누군가가 나를 떠올렸을 때 내가 무슨 색인지 어떤 사람인지 기억할 수 있는 거요. 저는 모든 게 한결 수월해졌어요. 억지로 매달려 있던 것을 놓아버린 것 같았죠. 애쓰지 않아도 다가올 것은 자연스레 다가오고 내 것이 된다는 걸 알았거든요.

꾸밈없이 살아가는 거, 소소하게 살아가는 거. 제가 생각하기에 아름다운 삶은 그런 삶이에요. 어쩌면 저는 그런 삶을 살아가기 위해 많은 사람을 만나고 그 색을 찾아가고 있는지도 몰라요. 나를 알기 위해서는 많은 사람을 만나고 그 사람들이 보는 나를 듣는 일, 이게 참 중요하거든요.

나답게 살아가기 위해선 다른 사람들을 마주하는 내 모습이 어떤 모습인지부터 알아야 해요.

그래야 진짜 나를 찾을 수 있거든요.

분명 걸음을 멈출 것이다

이리저리 떠돌던 마음이 가까스로 걸음을 멈추었다. 눈 앞에 펼쳐진 광경 그리고 나와 함께하는 사람들. 서로를 보듬으며 나누는 온기와 지긋이 바라보며 흘기는 눈빛. 이제야 비로소 안정이 찾아온다.

제아무리 떠돌이라 할지라도 멈추지 않는 이는 없을 것이다. 분명 어디선가 걸음을 멈춘다. 사람의 온기. 따듯한 시선. 보드라운 손길. 그것은 맹세코 거부할 수 없는 요건임이 분명했으니까. 그러고 보면 살아가는 일은 한껏 쓸쓸했다가 비로소 찾아오는 행복이 있음에 살아가는 것이라 여겨졌다. 버티고 버티다 보면 종착지가 나올 테고 그곳은 곧 우리가 행복에 묻힐 곳이 된다. 우리는 그곳을 찾기 위해 오늘도 쓸쓸히 버텨내야만 한다. 온기와 시선이 그리운 나로서는 더욱이 그러할 것이다.

버티고 버틸 것이다

행복에 묻힐 그 날까지

온기와 시선이 그리운

나로서는 더욱이 그러할 것이다

열정이 숱한 세상이다

나는 지극히 평범한 사람이다. 평범해서 좋고 그것이 내겐 행복이다. 만일 특별한 삶이 내게 주어진다면 나는 감사한 마음으로 살아가겠다만 특별해지기 위해 애쓰고 싶지는 않다. 주어지는 것을 있는 그대로 받아들이며 평범하게 살아가고 싶다. 바람이 불어오면 바람결에 흩날리고 파도가 부서지면 나도 그 물결 따라 일렁이면서.

열정이 숱한 세상이다. 특별한 무언가를 하기 위해 애쓰는 세상이다. 하지만 나는 그 무리에 섞여 부딪히고 싶지 않다. 조금 뒤처지더라도 천천히 다가가 그들의 안부를 묻고 싶다. 나는 멀리 돌고 돌아서 왔노라고 그래서 늦었다고. 하지만 오는 길에 아름다운 것들을 많이 보았노라고 혹시 당신은 이런 걸 본 적이 있느냐고, 만일 없다면 그곳에 잠시 다녀와보라고 전하고 싶다.

열정적인 삶을 살아가는 사람들을 존경해왔지만 모든 시간을 일이나 학업에 쏟아내는 것은 때때로 멋지지 않다. 자신이 살아가기 위해 하는 일이 아닌 자신이 사랑하는 일을 적잖이 마주했으면 좋겠다. 일상생활이 늘 일정하지 않고 뒤죽박죽 엉망이었으면 좋겠다. 그리고 조금의 여유가 찾아올 때쯤 흩어진 추억의 조각들을 하나둘 집어 들어 가지런히 정리하며 행복했던 시간을 떠올렸으면 좋겠다.

흔들려야 삶이고

무너져보아야 살아갈 수 있는

'적당히'라는 말을 지켜내는 것은 제법 어려운 일이다. 그래서 사랑할 때도 이별할 때도 적당히 마음을 나누거나 적당히 마음을 덜어내는 일에 늘 서툴다. 감정은 그 무엇보다 솔직한 편이라 우리가 생각하는 범위 안에 머물러주지 않는다. 그래서 머리로 생각하는 것과 마음이 따로 공존한다. 공존한다는 것은 서로를 도와 함께 존재한다는 의미이지만 감정 앞에서 공존의 의미는 그다지 달가운 편이 아니다. 많은 이들이 감정을 두고 태도나 상황 따위에 확고하지 않기 때문이다. 늘 불확실하고 흔들리고 위태로운 것이 감정이라서. 하지만 분명한 것은 공존이 필요할 때가 있다는 것이다. 늘 이성적이거나 감정적인 것 한 가지에만 치우치게 된다면 흔히 말하는 인간미를 잃게 될 것이다. '사람이 사람다워야지' 그 의미와도 같다.

사랑 앞에서 흔들리고 무너지는 것이 사람이다. 그 인간미를 잃게 되면 우리는 늘 무기력할 것이다. 사소해질 것이며 아랑곳하지 않게 될 것이다. 어쩌면 우리는 잘 살아가고 있는 중인 거다. 흔들리는 것도 무너지는 것도 일종의 삶의 공존이다. 내가 다시 일어설 수 있게 다시 시작할 수 있게 도와주는 일 중 하나일 것이다. 만일 적당한 것을 잘 몰라 행하고 있지 않다면 과하게 사랑하거나, 부족하게 사랑하고 있다면 잘하고 있는 것이다. 그저 그 감정에 충실하며 사람답게 살아간다고 믿으면 된다.

흔들려야 삶이고 무너져보아야 살아갈 수 있다.

적어도 몇 번의 무너짐이 있어야 더욱더 튼튼하게 쌓아올리곤 하니까.

내 삶이 구슬픈 만큼 외롭거나 쓸쓸했어도 나는 괜찮다. 그 덕에 여행을 떠났고 그곳에서 좋은 사람들을 만나 인연이 되었으니까. 만일 내 삶이 구슬프지 않았더라면 지금의 나는 무엇을 하고 있었을까.

같은 자리에 앉아 키보드를 두드리고 있거나 오늘은 무슨 영화를 다운받아 볼까 멍하니 고민하고 있었겠지. 외롭고 쓸쓸했던 시간이 참 다행이라는 생각이 든다.

고맙다.

다행이다.

내가 외로웠다는 이유 하나로

우리가 될 수 있었음이 참 다행이다.

엄마

내게는 멈춰 서는 습관이 있다. 오래전부터 꽃이나 푸른 식물만 보면 빠르게 걷다가도 급히 걸음을 멈추는 그런 습관. 꽃이나 풀을 좋아하는 편은 아니었지만 오래전 정말 사랑했던 사람이 내게 마지막으로 남기고 간 선물이 평생 시들지 않는 꽃이었다. 아마도 나는 그때부터 자연스럽게 꽃을 좋아한 것 같다.

오래전 사랑하는 사람이 내게 마지막으로 남기고 간 꽃이 조화였다. 평생 시들지 않는 꽃. 혼자 남은 나는 그 꽃을 볼 때마다 울었다. 언제 보아도 늘 그대로인 모습이, 나를 떠났음에도 떠나지 않은 것 같아서 도리어 가슴이 아팠다. 아직도 함께인 것 같아서 정말 많이도 울었다.

그래도 좋아하는 건 어쩔 수 없나 보다. 길가에 핀 꽃이나 작은 새싹만 보면 걸음이 저절로 멈춘다. 사랑했던 사람이 떠올라서다. 물론 내게 남겨진 건 조화였지만 살아생전에는 생화를 정말 좋아했던 사람이다. 꽃 냄새를 좋아했고 풀 만지는 걸 좋아했다. 나는 그 기억을 더듬으며 사진을 찍는다. 카메라에 담고 오래도록 바라보며 중얼거린다.

"아 예쁘다. 예쁘지? 참 좋아했을 것 같은데 이 꽃. 색이 참 예쁘다. 향이 참 좋다. 정말 좋은 것투성이네…."

전하고 싶은 것을 전하지 못할 때의 아픔은 이루 말할 수 없이 고통스럽다. 마음이 찢기고 무언가로 들쑤시는 고약한 느낌이 든다. 하지만 그 와중에도 매 순간 기억을 더듬으며 사진을 담아내는 모습을 보면서 다시 한번 느낀다. 사랑은 사랑이구나. 아픈 마음을 들추면서까지 보여주고 싶은 마음은 어쩔 수 없구나. 사랑 앞에 놓인 아픔은 아무런 소용이 없구나. 아파도 좋은 게 사랑이구나. 사랑 앞에 속절없구나.

천천히 지나가주겠죠

당신을 못 잊는 게 아니라 억지로 잊지 않는 거예요. 주변 사람들이 그러더라고요. 이만하면 됐다고. 언제까지 이렇게 살 거냐고. 잘은 모르겠지만 나는 아직인 것 같아요. 그냥 아직 아니에요. 내가 당신을 사랑한 시간이 많아서 그만큼 잊는 시간도 많이 필요한 것 같아요. 사람은 사람으로 잊는 거라는데 당신만 한 사람도 없어요. 어쩌면 있었을지도 모르지만 당신만은 못해요. 당신을 잊기 위해 다른 사람을 만났는데 당신 때문에 그 사람이 아무것도 아닌 사람이 돼요. 그래서 사람을 사람으로 잊는다는 말. 그게 전부는 아니더라고요. 그렇더라고요.

충분한 분위기

서먹서먹한 사이가 되고 싶지 않아서 애쓰던 때가 있었다. 내가 가진 자존심을 전부 버렸고 남들 몰래 숨죽여 울어야 했다. 남들 시선에 담긴 내가, 의도하지 않은 시선일 때 억울하고 비통한 마음이 들지만, 버럭 화부터 낼 수 없었던 건 똑같은 사람이 되고 싶지 않았기 때문이다. 관계에는 어느 정도 적당한 정적이 흘러야 한다. 차분함 속에서 서로를 생각하고 이해할 수 있는 충분한 분위기가 흘러야 한다. 무작정 나의 잘잘못을 따지고 부딪친다면 그건 서로에게 상처만 남길 뿐이다.

정적은 서로에게 생각할 시간을 주는 적정한 도구이다. 꼭 무엇을 따지고 고쳐나가야만 그 사이가 다시 나아지는 것만은 아니다. 누군가가 나를 오해했을 때 차분히 내 마음을 전달할 필요가 있다. '잘 생각해봐. 내가 그럴 사람인지' 라고 던져놓고 그 사람에게 충분히 생각할 시간을 주는 것이다. 때로는 그 충분한 분위기가 답일 때가 있다.

나를 탓하는 나

무방비했던 나의 시간과 안일하게 흩어진 나의 모습들, 그 모습을 바라보고 있자니 마음 한구석이 저미어온다.

무엇이 이리도 나를 느슨하게 만들었나. 수많은 타인들이 아닌 나 하나였나.

생각하고 싶지 않았던 것들이 계속해서 떠올라 눈앞에 보일 때 아무런 잘못 없는 가만히 머물러 있는 나를 탓하고 만다.

온전하지 못한 마음은 나만의 잘못이 아닌데도 나는 모든 이들의 몫을 더해 잘못 없는 나를 탓하고 만다. 모두가 나를 미워해도 나만은 나를 미워하지 말아야지 다짐했던 순간들이 더는 아무런 소용이 없을 만큼 크게 무너지고 만다.

나는 또 얼마나 오래 기다려야 할까.

나의 시간을 사랑하기까지 얼마나 오랜 시간이 걸릴까.

애매한 아픔

누구나 말하지 못할 아픔 하나쯤 가슴에 담고 살아가잖아요. 함부로 버릴 수도 내내 품을 수도 없는 그런 애매한 아픔을.

우린 그럴 때마다 나누어야만 해요. 아픔을 전부 떠안을 것이 아니라 나누고 나누어, 서로를 보듬어주어야만 해요.

그러니 마음이 아파올 때면 언제든 기대요.

당신 아픔을 있는 그대로 받아줄 사람, 그 아픔을 함께 나눌 사람, 분명 있어요. 당신 곁에.

방랑자

'꿈'이란 단어 앞에만 서면 나도 모르는 사이 방랑자가 되어버리고 만다. 두려움이라기보다는 그저 익숙함이 좋았던 것 같다. 익숙한 것을 놓아버리는 건 마치 사랑하는 사람과 이별하는 듯한 쓰라린 기분이 드니까. 그래서 꿈 앞에만 서면 이리저리 떠돈다. 나는 그걸 놓아야 할지 잡아야 할지 수십, 수백 번 되짚어보아야 했지만, 삶의 수많은 고민과 흔들림을 견뎌내면서 꿈을 꾸는 일이란 내게 있어 가장 버거운 일이 되기도 했었다.

손을 얹고 생각해보는 거예요

자, 가슴에 손을 얹고 생각해보는 거예요.

당신은 지금 안전하고 튼튼한 다리 위에서 울상 짓고 있나요. 아니면 흔들리는 위험한 다리 위에서 웃음 짓고 있나요.

저는 후자요. 고정적인 수입도 없고 그걸 유지하기도 어려운 후자요. 왜냐고요. 결국은 좋아하는 일을 하는 사람이 웃음 짓게 된다는 걸 알게 되어서요. 조금은 흔들리고 위험한 아주 위태로운 도전이지만 그래도 활짝 웃고 있을 거거든요.

자, 그렇다면 다시 한번 질문할게요.

당신은 무엇을 선택할 건가요. 안전과 안정인가요 위험과 위함인가요. 안전하게 울상 지을 건가요. 위태롭게 이로울 건가요. 선택은 늘 당신의 몫이지만 그 몫 모퉁이에 '웃음을 많이 하는 편이 좋지 않아?'라고 슬며시 던져놓을게요.

가져도 되고 버려도 좋아요. 앞서 말했듯 선택은 늘 당신의 몫. 당신의 것이니까요.

선택은 당신의 것이고 그 선택의 조언이 제 몫이라면, 저는 당신에게 행복이 잔뜩 발린 말을 전할 것입니다.

적당히 빠져들 만큼,
온전히 내 몫을 믿을 만큼.

부끄러운 줄도 모르고 간절히 울었다

무언가를 정해놓고 하고자 하는 게 있지는 않았다. 그저 흘러가는 것에 나를 맡기다 보면 내가 이 시점에서 어떤 것을 해야 할지 어떤 것을 선택해야 할지 보였기 때문이다. 어쩌다 가끔, 아니 아주 종종 실패를 경험하기도 했지만, 이 경험을 토대로 나는 더욱 강해지기도 했다. 가끔은 너무 힘들어 눈물을 뚝뚝 흘리며 거리를 걸은 적도 있다. 그 당시에는 그 모습이 부끄러운 줄도 모르고 간절히 울었다. 무엇이 그리 서럽고 힘들었는지는 이제는 하나도 기억나지 않는다.

당시의 힘듦은 약간의 시간이 지나면 자연스레 기억에서 잊힌다. 또는 그 기억을 가지고 더 나은 길을 향해 힘차게 걸어가기도 한다. 지금의 삶에 정해진 게 아무것도 없다 할지라도 조급해하지 않았으면 한다.

무언가를 정말 완벽히 계획해도 실은 여유롭게 할 수 있는 일, 그리 많지 않다. 천천히 가자. 자연스레 잊고 힘차게 걸어가자. 조급해할 것 없이.

불공평한 밤에 품는 기대

고단한 삶이 아니라, 고요한 삶이 되고 싶다.

오늘을 걱정하고 내일을 걱정하는 삶이 아니라 오늘을 사랑하고 내일을 기대하는 삶이 되고 싶다.

어느 날 대뜸 지금의 삶이 고독하다는 것을 짐작하게 되었다. 지금까지 견딜 수 없는 무게를 참고 또 참아왔지만 끝내 무너지고 말았다. 견디려고 노력했지만 언제나 강한 나일 수는 없었다. 참는 것도 분명 한계가 있으니까.

그렇게 참아온 것이 터지고 나면 나는 무기력해지고 만다. 습관처럼 한숨을 내뱉고 좋아하는 커피 향에도 별다른 반응이 없다. 감정이라는 게 참 무섭다.

세상은 늘 그랬다. 바라는 일은 꼭 일어나지 않고 없어야 할 일은 찾지도 않았는데 손에 쥐어져 있곤 했다. 억울하고 불공평한 밤이다. 원하지 않은 것이 쥐어져 있을 땐 어떻게 해서든 떨쳐내려 애쓰지만 좀처럼 내게서 떠나지 않았다. 정말 불공평한 밤이다. 쓰라려 아플 만큼.

불공평한 밤이 오면 나는 다시 한번 고달픈 삶에 대해 생각해본다. 무엇 때문에 이렇게까지 무기력해진 건지, 건조한 눈으로 언제까지 허공을 바라보고 있을 건지, 조금씩 억지스러운 웃음을 지어볼 순 없는지, 싫어하는 것을 더디게라도 좋아해볼 순 없는지.

원하지 않는 것이 다가왔을 때, 쥐어볼 만하다고 생각할 순 없었는지.

생각을 조금 바꿨다면
달라질 수 있지 않았을까 하는
기대가 드는 불공평한 밤.

사소한 듯 사소하지 않았던

세상 안에서 달리고, 넘어지고, 일어서고, 울고, 웃고.

우리의 인생은 늘 일정치 않기에 그래서 살아가는 것이기에.

또 사소한 것 같다가도 문득 사소하지 않았던 일들을 가슴 깊이 묻고 살아가는 것. 그것이 인생 또는 삶이 아닐까.

해가 뜨고 지는 것이 당연하게 느껴지다가도
어느 날 꼭 보아야 하는 일출 일몰이 되어버리는
사소한 듯 사소하지 않았던 그런 일들처럼

생각했던 것보다 무거운 일

차라리 모든 걸 놓으면 덜 힘들지 않을까.

날이 가면 갈수록 짊어지는 게 많아져서인지 점점 걸음이 더뎌지는 것 같았다. 그렇다고 해서 모든 걸 다 버리지는 못하겠고 또 주는 걸 막자니 마음이 그러질 못하고 소심한 마음이 나를 붙든다. 생각은 계속해서 놓아버리라고 말한다. 하지만 마음은 계속해서 그걸 주워 담고 있다. 참 이상하다. 분명 힘든 건 싫은데 누군가의 마음을 거절하는 건 더더욱 싫다. 그래서 연거푸 걸음이 더뎌지는 거겠지. 자꾸 되풀이되는 거겠지.

행복해지는 일은
생각했던 것보다 훨씬 무거운 일이었다.

거리를 두고 천천히 바라보았습니다

따듯한 사람이라고 해서 덜컥 좋아할 수 없었습니다.
조금의 거리를 두고 천천히 알아가야 했습니다.
덜컥 좋아했다간 그 따듯한 순간들이
오래가지 못할까 봐 거리를 두고 천천히 바라보아야 했습니다.

관계를 서두르기보다는 조금 천천히.
그 사람의 온도에 맞춰 다가가는 것이
오래도록 관계를 유지할 수 있으니까요.
덜컥 모든 걸 나눌 수 없었습니다.

외로움과 고독의 아픔

네가 참 멋있다. 그곳에 올라가기까지 얼마나 많은 외로움과 고독 안에서 참아왔을까. 고요한 방 안에 앉아 홀로 이겨내기 위해 얼마나 많은 애를 썼을까.

지금의 네가 웃을 수 있는 건 수없이 많은 눈물을 쏟아왔기 때문이라고, 너는 끝까지 너의 아픔을 내게 숨겼지만 나는 알아. 경험해본 사람은 알 수 있거든. 이해라는 걸 할 수 있거든.

그래서 말인데 만일 어떤 이가 너의 노력을 시기하거나 깎아내린다면 너무 미워하지는 말아. 그 사람은 아직 어둠과 고독이 무엇인지 그게 얼마나 아프고 외로운지 경험해보지 못해서 그래. 그래서 그런 거라 생각해.

그러니 너는 말이라는 것에 무너지지 마.

경험 없는 말보다 그동안 흘린 너의 눈물이

더욱더 강하니까.

나를 괴롭히는 숱한 사연과 불안 속에서

우리에게는 시간이 필요해요. 잠시나마 여유를 갖거나 홀로 마음을 채울 그런 시간이요. 마음에 담긴 감정들이 낱낱이 소진되는 순간이 오면 우리는 분명 숨죽여 울게 될 테니까요. 되도록 울음을 아껴가며 마음을 채워야 하는데 우리는 늘 아끼고 채우는 것보다 허비하고 비우는 순간이 더 많잖아요. 그래서 더욱 여유가 있어야 하는 거죠. 계속해서 비워지면 결국 메마르고 말 테니까요.

길지 않은 시간이어도 좋으니 무언의 시간을 가졌으면 좋겠습니다. 많은 사람으로부터 받았던 압박과 미움, 나를 괴롭히는 숱한 사연과 불안 속에서 내가 내게 주는 해방의 시간이 분명 필요합니다.

길진 않지만, 그 짧은 시간 속에서 자유로운 자신을 만나

메마른 마음을 조금이나마 축이고 왔으면 좋겠습니다.

그럼에도 불구하고

워낙 말주변이 없는 편이라 누군가를 만나면 늘 상대방의 말에 귀를 기울이는 편이다. 말하는 것을 좋아하는 사람이라면 이런 나를 좋아해줄 것이고, 함께 장단 맞추며 대화하는 것을 좋아하는 사람이라면 이런 내가 만족스럽지 않을 것이다. 근래 좋은 인연을 몇 만났다. 그들은 내가 사는 세상에서 조금 멀리 떨어져 사는 사람들이었지만 왠지 모르게 다가가고 싶은 특별하고 재미난 사람들이었다. 나는 그들의 삶이 어떤지 들여다보고 싶어졌고 닫아두었던 마음의 문을 열기로 마음먹었다.

어쩌면 인연이나 운명이 존재할 수도 있겠다는 생각이 들었다. 예기치 못할 때에 만난 사람으로 인해 내가 변화하고 또 다짐하고 발전해가는 모습을 보면서 사람은 사람을 만남으로써 더욱 강해지고 새로운 모습을 찾아내는 것이 분명하다고 느껴졌다. 그동안의 나는 내 울타리 속에서 선뜻 밖으로 나서지 않았다. 내성적인 성격을 가진 탓에 혼자만의 시간이 나를 편안하게 해주었기 때문이다. 나는 매일 밤 잠들기 전 나를 돌아보는 나만의 시간을 꽤 자주 가졌다.

오랜 시간 혼자였다는 생각에 그동안 같은 자리에서 꽤 오래 머물고 있었다는 사실도 알게 되었다. 그런데 이번에 만난 인연과 대화를 나누고 집으로 돌아왔을 땐 조금 달랐다. 나를 오래도록 지켜주었던 울타리가 난데없이 답답하게 느껴졌다. 그동안의 나는 울타리 속에서 보호받고 있다고, 나를 지켜내고 있다고 생각했지만 실은 그렇지 않았던 것이다. 그저 나를 가두어두기 위한 수단이라고 그렇게 단정지었다.

나는 그날 이후 울타리를 전부 허물어버렸다. 기꺼이 바깥으로 향했고 바다를 보았다.

어느 시인은 말했다. 바다는 잘 있다고 하였고 마음속 혼잣말을 그만두지 못해서 그 마음을 들으러 가는 중이라고. 어쩌면 나도 그럴 것이다. 마음속 혼잣말을 그만두지 못해서 그 마음을 듣기 위해 제 발로 걸어온 것이다. 그렇게 바다를 따라가다 보면 아름다운 것들이 나를 마중 나올 거라는 기대감에 오래도록 시들어 있던 마음이 활짝 피어나는 묘한 기분이 들었다. 새로운 인연 덕분이다. 이제는 마음을 가꾸고 가꾸어진 마음에 물을 주는 일을 부지런히 하고 싶어졌다. 자유로운 내가 되어 훨훨 날아가고 싶고 나로서 살아가고 나로서 사랑받고 싶어졌다. 이것은 새로운 인연 덕분에 가질 수 있는 특별한 마음이었다.

이것은 깊은 사명감이자 내가 내게 갖는 소명 의식이다. 느슨하게 마음속 화단을 가꾸며 종종 바다가 잘 있는지 들여다보고, 그다음은 좋은 인연을 만나 함께 장단을 맞추어 보고, 거울 속 나와 대화하는 습관도 수시로 가지려 한다. 만일 그럼에도 불구하고 모난 내 모습이 있다면 그것은 말과 마음으로 다시금 태어나게 할 것이다.

자신을 지켜내는 시간

자신에게 휴식을 주는 것은, 사람이 하루에 최소 여섯 시간 이상은 잠을 자야 하는 것처럼 꼭 필요한 일과도 같다. 하지만 우리는 스스로 휴식을 자주 갖지 않기에 매일 잠들지 못해 피곤함에 찌들어 있거나 골골대는 사람처럼 보이기에 십상이다. 마음에도 잠들 시간이 필요하다. 모든 것들로부터 벗어나 잠시 바람을 쐬어줄 시간이 필요하다. 많은 사람으로부터 이리저리 치이는 지하철이 아닌 늦은 밤, 한적한 공원을 거닐 시간이 필요하다. 우리는 매일 같이 다른 사람들의 눈치를 살피며 살아가지만 살펴야 할 것은 바로 나다. 나는 지금 어떠한지 들여다보고 살펴주어야 한다.

우리에겐 나를 지켜내는 시간이 너무나도 필요하다.

걱정할 것 없어요

걱정할 것 없어요.
상대가 나를 금방 잊어버리듯
나도 상대를 곧잘 잊으면 되니까요.
아픔에 울지 않았으면 해요.
나라는 사람은 그만큼 소중하니까요.
또 슬플 날보다 웃을 날들이 더 많으니까요.
나라는 사람은 그래야만 하는 사람이니까요.

잊고 있을 것 같아서 말해봅니다.
당신은 누군가에 있어서 매일매일 소중한
그런 사람이에요.
마냥 따듯하고 상냥한 그런 좋은 사람이요.

3

멀지 않은 곳에 있을게

익산역에서

하늘은 계속 비가 올 거라고 내게 알려주었는데 나는 그 하늘을 보고도 그냥 지나친 거야. 곧 있으면 비가 내릴 거라는 말을 듣고도 그냥 흘려버린 거지. 그 덕에 우산도 없이 역에 가야 했고 비에 홀딱 젖은 채 집으로 돌아갈 뻔한 내가 안쓰러웠는지 우산을 하나 건네주더라. 나는 그 사람을 잘 모르지만 분명 좋은 사람일 거라고 성급하게 짐작했어. 내게 우산을 건네주었으니까. 누군가에게 우산을 건넨다는 건 자기가 대신해서 비에 젖을 것을 각오하고 주는 거잖아. 그래서 약간, 아니 감동한 마음으로 기차에 올랐어. 그러고선 고맙다는 말을 전하는데 '이걸로 될까?' 하는 생각이 들더라. 나는 마음을 좀 넉넉히 담았는데 '고맙습니다' 한마디 말로는 마음을 다 보여줄 수가 없더라고.

할 수 있을 것이다, 그게 무엇이든

이른 아침 서울로 향하는 길. 평일에 내가 서울에 와 있다는 건 정말이지 꿈만 같은 일이다. 서울은 그냥 특별하다. 그래서 오늘 이 특별한 곳에서 하루를 보낼 수 있다는 게 자꾸 꿈만 같이 느껴진다.

특별한 일을 할 때, 나는 내게 선물을 주는 거라고 생각한다. 자주는 힘들어도 가끔씩 꼭 선물하려고 노력한다. 좋아하는 장소에서 좋아하는 사람들을 만나고 마주 보며 웃는 일, 마음 곳곳에 행복을 심는 일. 무엇이 나를 웃게 하는지 나는 이미 알기 때문에 미뤄둘 수가 없다.

예전의 나는 내가 좋아하는 일을 찾아 나서는 사람은 아니었다. 고독이 마냥 편해 혼자인 시간이 많았다. 하지만 지금은 누군가를 마주하고 눈을 맞추어 대화를 나눌 때 비소로 행복이 무엇인지 느낀다. 상대가 내게 전하는 사랑을 받았을 때 나는 이 세상 주인공이 되는 것 같았다.

적어도 살아가는 데 몇 번이고 주인공이 되어야 하지 않겠는가. 늘 조연으로 살아갈 순 없지 않은가. 누군가를 위할 줄만 안다면 그건 진정한 행복을 좇는 게 아니다. 누군가를 위하되, 적당한 만큼 위하고 또 어느 적당한 만큼 받아서 서로서로 빛내어줄 수 있어야 한다. 진정한 행복은 자신이 하기 나름이다. 마음먹기에 달린 일. 해야 하는데 잘 안 되는 일이며 그걸 이겨내야만 하는 일이다. 나도 잘 안다. 그것이 얼마나 어렵고 힘든 일인지. 하지만 어려운 일을 하지 않으면 세상 모든 일이 어렵게만 느껴질 것이다. 고독과 아픔이 동행할지라도 우리는 해야만 한다. 기꺼이 아파야 하고 기꺼이 풀어내야 한다.

우리는 생각보다 강하니까. 할 수 있을 것이다. 그게 무엇이든.

불안 속에서 되찾은 빛

누군가를 만나게 되면 꼭 듣는 질문이 하나 있다. 어쩌다 글을 쓰게 됐냐는 질문이다. 나는 글을 정식으로 배운 사람도 아니고 책을 좋아하던 사람도 아니다. 처음에 펜을 잡고 글을 쓰기 시작했던 건 초등학교 6학년 때였다. 심한 강박장애가 있었던 나는 늘 불안을 달고 살았다. 그런데 내가 그 불안을 떨쳐낼 수 있었던 유일한 방법은 종이에 글씨를 적는 일이었다. 사람들은 이런 내막까진 모른다. 그저 글을 쓰고 다른 사람들의 마음을 다독인다는 사실만 알 뿐.

지금 생각해보면 그때의 나는 글을 쓰게 될 거라고는 상상도 못 했다. 늘 불안함 속에서 살아야 했기에 제대로 된 무언가를 해낼 수 있을 거라는 생각을 못 했다. 그때의 나는 매일같이 식은땀을 흘렸고 심장이 쿵쾅거렸고 시선을 한곳에 두질 못했다. 내 시선에 있는 사물들은 계속해서 멀어지고 그러다 사라져버리기도 했다. 나는 그런 불안 속에서 견뎌내야 했다. 그래서 온갖 방법을 동원해보기도 했다. 물도 마셔보고 계단을 오르기도 하고 억지로 텔레비전을 보기도 했다. 다른 많은 방법으로 나를 잠재워보려 애썼지만, 그 어떤 방법으로도 해낼 수 없었다. 하지만 내가 펜을 들었을 땐 달랐다. 마구잡이로 꺼내든 펜과 공책 그리고 엉망으로 쓰인 나의 일기는 내게서 멀어져간 시선들을 다시 끌어올 수 있는 유일한 방법이었다.

나는 그때부터 쓰는 것에 대한 애정이 생겼다. 내가 불안할 때 나를 안정시켜주는 고마운 일이라서 더욱 좋아했다. 하지만 그 일을 꿈으로 두거나 목표로 삼지는 않았다. 그저 좋아하는 일이었을 뿐.

그렇게 소중하고 특별했던 쓴다는 일이 자연스러워진 지 어느덧 10년이 지났을 무렵, 나는 다시 펜을 잡았다. 그때는 나를 달래기 위한 일기가 아닌, 누군가를 달래주기 위한 글을 써 내려가기 시작했다. 그렇게 많은 사람에게 마음을 전하고 나누다 보니 좋아하는 일이 꿈이 되었고 목표가 되었다. 단순히 '좋아하는 일'을 '꿈'으로 바꾼다는 건 내가 가진 무언가를 포기해야 하는 일이기도 했다.

무언가를 포기하더라도 해야겠다는 생각이 들었다. 나는 결국 글을 좋아하게 되었다. 지금은 책을 쓰고 가끔 노래 가사도 적는다. 좋아하는 일이라 그런지 힘 한번 들이지 않고 술술 적어낼 때면 마냥 기분이 좋다. 그렇지만 지금까지 전부 좋았던 날들만 있었던 건 아니다. 지금의 내가 있기 위해 많은 것을 버려야 했다. 모두가 잠들 때 뜬눈으로 밤을 지새웠다. 좋아하는 것을 하기 위해서는 좋아하는 것을 버려야만 했다. 과감히 버리지 못한다면 늘 제자리를 맴돌 거라는 걸 알기에 과감히 버렸다.

내가 가진 무언가를 버리지 못했다면 아직 좋아하는 일을 찾지 못한 것이다. 행여 좋아하는 일이라고 스스로 느끼는데도 버리지 못하는 거라면 그건 결코 좋아하는 게 아니다. 잘못 찾은 것이다. 정말 자신이 원하는 일이라면 어떻게 해서든 버릴 수밖에 없다. 그렇게 된다.

간간이 나를 찾아오는 물음

문득 일본 여행에서 만났던 사람들이 내 기억을 스쳤다. 오래되기도 했고, 어쩌다 한번 마주한 게 전부인데 이상하리만큼 그때의 기억이 생생했다. 벌써 여행이 그리워진 걸까. 몸이 아프고 정신이 몽롱해서 그런 걸까. 이런저런 별의별 생각들이 계속해서 무력한 나를 건들다 결국 몰려오는 두통에 휘청이며 털썩 주저앉고 말았다. 멍하니 앉아 그런 생각을 했다.

'나는 무엇을 위해 살아가고 있는 걸까'

나를 종종 찾아오는 질문이었다. 진부한 삶을 부정하려는 나약한 질문. 예전 같았으면 한참을 허덕였을 테지만 지금은 아니다. 예전보다 면역이 강해진 탓에 주저앉은 몸을 다시금 일으킬 수 있었다. 참 다행스럽다. 나이만 어른이 된 게 아니라, 생각도 마음도 어른이 되어서. 진부한 삶을 부정하지 않고 추억하는 어른이 되어서, 참 다행이다.

나를 떠올리는 너의 그 마음이 좋아

할 일이 너무 많다. 또 미뤄둔 일이 너무 많다.

요즘은 친구들에게 예고 없이 작은 선물을 하나씩 하기 시작했는데 그 재미가 아주 쏠쏠하다. 감동을 주는 것은 그리 어려운 일이 아니었다.

내가 보낸 선물 하나가 "너 그때 나한테 갑자기 보내준 거 있잖아"라고 말할 수 있는 또렷하게 행복한 기억을 마음에 콕 심는다. 분명한 건, 모든 것이 거창해야 마음에 남는 것이 아니라는 것이다. 가끔은 예기치 않은 타이밍에 건네는 작은 선물이 오랜 시간 마음에 머문다.

나를 떠올리는 너의 그 마음이 좋아
너의 하루에 내가 있다는 게 좋아

아빠의 미소

종종 등산을 하러 가자는 아빠의 권유에 나는 늘 바쁘다는 말로 거절을 해왔다. 그런데 오늘은 어쩐 일인지 시간이 나서 아빠와 함께 해명산을 오르게 되었다.

아빠와 딸이 오순도순 대화를 나누며 등산하는 모습이 보기 좋았는지 지나가는 아주머니께서 "사진 찍어줄까요?" 하고 온화한 목소리로 말을 걸어왔다. 나는 고민할 것 없이 감사하다는 말과 함께 핸드폰을 건넸고 나란히 앉아 웃고 있는 모습이 담긴 사진을 받았다.

아빠는 내게 별말 안 했지만, 그 순간이 행복했나 보다.

집에 돌아와서 보니 사진 속에 담긴 아빠의 미소가 참 해맑았다.

선택 앞에만 서면

선택 앞에만 서면 온 마음이 일렁이는 내가 싫다.

기껏 그렇게 하자 어렵사리 마음먹어놓고

왜 막상 선택 앞에만 서면 또다시 처음으로 돌아가고 마는지.

서둘러 이곳을 떠나야 하는데 자꾸만 제 자리를 맴도는 것 같아 속상하다. 쉽지 않을 거라는 걸 어느 정도 짐작했지만, 이렇게 힘들 줄은 몰랐다. 소심한 탓인지 신중한 탓인지 그마저도 잘 모르겠다.

매번 선택 앞에만 서면 바보가 되고 만다.

소박한 순간을 사랑해

순간을 사랑하며 살아가는 사람만큼 멋진 사람도 없지.

화려하고 거창한 아름다움이 아닌, 잔잔하고 소박한 걸 사랑할 줄 아는 사람 말이야.

될 수 있으면 소박함을 사랑하며 살아가고 싶어.

가끔 내게 찾아오는 화려함에 감격할 수 있는 삶을.

매일같이 화려한 삶을 살아가면 소박한 건 눈에 안 찰 테니까, 부족함이 많은 삶을 살아가고 싶어.

채울 수 있음에 뿌듯한 삶을, 소박함에서 나오는 그 행복을 오래 누릴 수 있는 삶을.

중립

부족함이 많은 내가 좋다. 누군가로부터 쉽게 상처받는 내가 좋다. 거절은 잘 못하지만 행복을 잘 선물하는 내가 좋다. 소심해서 걱정이 많은 내가 좋다. 어느 것 하나 온전한 게 없지만 그런 나를 사랑한다. 하지만 누군가는 내게 부족한 것도 거절을 모르는 것도 단점이라고 말한다.

나는 늘 단점을 반대로 생각하는 습관이 있다. 내가 너무 완벽하면 사람들의 부탁을 쉽게 거절했을 것 같다고, 또 소심함 없이 너무 대담했다면 아무런 걱정 없이 살아갈 것 같다고, 그렇게 생각했다.

무엇이든 장점 안에 단점이 있을 수 있고 단점 안에 장점이 있을 수 있다. 장단점이 특정하게 정해진 것은 아니니까. 그저 본인이 느끼기 나름이고 스스로가 생각하는 것 그대로가 장단점이다.

나는 늘 중립이다. 단점은 오히려 장점을 살려주는 일이라고 생각하고 장점은 오히려 단점을 만들어주는 일이라고 생각하는 사람이다. 적당한 것을 추구하는 사람. 너무 완벽하지도 너무 부족하지도 않은 적당한 노력이 오가는 그런 사람.

그리하여 나는 오늘도 중립이다.

우리가 가장 먼저 해야 할 일

얼마 전까지만 해도 집에서 나가는 걸 극도로 싫어하던 내가 요즘은 눈만 뜨면 서울로 향한다. 김포에 사는 나는, 집에서 서울까지 가려면 버스를 타고 한 시간 삼십 분을 넘게 나가야 하는데도, 시간만 나면 서울로 향한다. '너 언제까지 집에만 있을래?'라는 말을 평생 들을 줄 알았는데 이제는 '집에 좀 있어!'라는 말을 더 자주 듣는다. 참 웃기다. 아무래도 영원한 고집은 존재하지 않는 것 같다.

혼자만의 시간이 나를 편안하게 해준다고 생각하며 살아왔다. 누군가가 내 삶에 끼어드는 것이 싫었고 쓸모없는 대화를 이어가는 것이 싫었고 억지스러운 감정을 지어내는 게 싫었다.

온통 싫은 것투성이에 혼자밖에 모르던 내가 지금은 세

상만사 모든 게 다 아름답고 예쁘다고 그래서 행복하다고 말한다.

이런 내 모습은 내가 봐도 영 낯설다. 우습게도 고작 일 년 반 만에 사람이 변했다. 사람이 갑자기 변하면 무슨 일이 있다는데 나는 그런 일은 없다. 그냥 사는 게 즐거워졌다. 세상으로부터 도망치듯 살아온 내가 이제는 버스를 놓칠까 봐 열심히 달린다. 그리고 버스를 무사히 탔을 때, 안도의 숨을 돌리며 비로소 느낀다. '즐거운 무언가를 찾는 일' 그게 우리가 가장 먼저 해야 할 일이라는 것을.

공허

하나둘 느닷없이 찾아오는 공허 앞에서 마음을 도려내는 쓰디쓴 아픔을 겪었다. 이게 사랑인가 싶다가도 이내 몹쓸 감정이라는 것을 알게 되었을 무렵, 나는 모든 관계를 두고 계산적인 사람이 되어버렸다. 누군가가 내게 말하기를 사람과 사람 사이는 계산하는 것이 아니라고 말했다. 하지만 나는 더 이상의 순수한 사랑과 관계 따윈 존재할 수 없다는 걸 알아챈 순간부터 다가오는 사랑을 밀쳐내기 시작했다. 순수한 만남은 너무도 아팠고 온전히 아픔을 받아들일 용기조차 없는 나라서 어찌할 도리가 없었다. 언제부터인지는 잘 모르겠다. 요즘은 좀처럼 바깥세상이 보이지 않고 있다. 아무래도 세상을 등지고부터 울타리가 점점 높아지는 느낌이 든다. 이제는 먼 하늘만 보인다.

좋아하는 것을 늘 우선순위로 둘게요

사람을 쉽게 판단하지 않습니다. 행여 그 사람이 누군가에게 큰 피해를 주었다고 해도 남들에게 들은 말로 그 사람을 판단하지 않습니다. 어떤 누군가는 제게 그리 말한 적이 있었습니다. 남에게 해를 끼쳤다고 해서 그 사람의 모든 것을 판단할 수 있는 것은 아니라고. 혹시 모를 사정 같은 게 있지 않겠느냐고.

맞는 말이라고 했습니다. 행동 하나로 그 사람의 모든 것을 판단할 수는 없으니까요. 그 사람이 진정 남을 해하려고 했던 건지 예기치 못한 실수였는지 그건 본인 스스로만 알고 있는 거니까요. 하지만 잘못이 없다는 것은 아닙니다. 그저 다른 누군가가 판단할 일은 아니라는 거죠.

잘못이 있다면 그에 마땅하게 쓴소리를 듣는 것이 옳다고 생각합니다. 하지만 전혀 연고 없는 이들이 함부로 쓴소리를 내뱉은 것은 좋지 않다고 생각할 뿐. 그 사람이 누군가에게는 나쁜 사람일지 몰라도 내게 피해를 주지 않았다면 쓴소리를 뱉을 필요까진 없으니까요. 제게 조금의 피해도 주지 않았다면 적어도 그 사람은 좋은 사람도 나쁜 사람도 아닙니다.

저도 누군가에겐 좋은 사람, 착한 사람으로 남았거나 미운 사람 혹은 못된 사람으로 남았을 것입니다. 분명 스스로 느끼기엔 착하고 좋은 사람이지만 어떤 누군가에겐 그렇지 못할 수 있다는 것입니다. 누군가에게 미움을 받는다는 것은 그 사람과 나의 관계 안에서 배려와 이해가 적당히 오가지 못했기 때문일 겁니다. 모든 사람에게 적당한 배려와 이해를 줄 수 없다 보니 저절로 좋은 사람으로 남는 것도 한계가 있었던 거죠.

하지만 걱정하지 않아도 될 것 같아요. 모든 사람에게 좋은 사람, 착한 사람으로 남을 수는 없지만 내가 좋아하는 사람들에게만큼은 좋은 사람으로 남으면 그걸로 충분한 것 아닌가요. 너무 많은 이들에게 좋은 사람으로 남기 위해 애쓰지 않았으면 합니다. 너무 많은 곳에 애쓰다 보면 진정 내가 애써야 할 곳을 놓치기도 하니까요.

내가 좋아하는 것을 늘 우선순위로 둘게요.
너무 많은 걸 지켜내려다가
도리어 모든 걸 잃어버릴 수도 있으니까요.

내게 조금의 시간을 주세요

당장 마음을 공유하고 싶은데 고달픈 마음뿐이라 공유할 수가 없네요. 좋은 것을 마음에 사무치도록 전해주고 싶은데 내게 담긴 것들이 그리 좋지만은 않아서요. 아무런 마음도 전해줄 수가 없어서 이러다 당신을 놓치지 않을까 자꾸만 불안이 밀려오지만 그래도 두려움에 뒷걸음치지는 않으려고 해요. 지금까지 놓친 것들이 너무도 많은 나라서 더는 놓쳐서는 안 될 것 같거든요. 그러니 내게 조금의 시간을 주세요. 예쁘고 사랑스러운 것만 주섬주섬 담아서 정성스레 선물할게요. 나를 조금만 기다려준다면 좋은 마음만 담아 천천히 다가갈게요.

적당한 온도의 안부

자신을 청춘과 엮기 좋은, 넉넉하지 못했던 하루들을 넉넉하게 채울 수 있는 '만남'이란 소중한 것이다. 만남으로 하여금 삶이 무엇인가. 자신에게 적당한 온도의 안부를 전한다. 나는 또 다른 새로움을 접함으로써 즐거움이 무엇인지 행복이 무엇인지 수록할 수 있었고 언젠가는 여백을 가득 메운 노트를 가장 좋아하는 장소에 가지고 갈 것이다. 좋아하는 곳에서 행복을 읽는 일은 아주 오래전부터 꿈꿔왔던 나의 소망이자 숙제. 그 안에서 게을리할 것들이 점차 줄어들고 있다. 소중한 것을 스스로가 지키기 위해 우리는 잠들어 있는 시간을 적잖이 줄여가야 한다. 죽어 있는 시간보다 살아 있는 시간을 늘려가야 한다. 그러기 위해선 고달픈 나를 자주 보살펴야 하고 강성한 피로와 싸워야 한다. 물론 까다롭고 힘에 겨운 일이지만 사람이란 존재는 상상

그 이상으로 열정적이다. 하여 어려움이 몰려오더라도 어떻게든 헤쳐 나간다. 참 고독하고 아픈 존재임과 동시에 자신을 지켜내려는 따듯한 존재. 존재와 존재의 만남은 참 넉넉하다.

그리하여 길고 긴 시간 고독과의 싸움에서 승리하면 그 끝엔 분명 흡족할 만한 삶이 완성되어 있을 것이다.

오래전부터 꿈꿔온 나만의 삶이.

나의 독백

나의 독백은 고스란히 나만의 것이 아니다. 나와 함께 감정을 나누고 공유해준 이들의 것이다. 내가 소유한 모든 것은 다 나누어야만 가치가 생긴다. 더도 말고 덜도 말고 나눌 수 있는 것은 최대한 나누다 가야 한다. 머무는 동안 서로에게 충족될 수 있는 긍정과 행운을 전부 선물하자는 의미다. 누군가에게 줄 수 있다는 것이 그 얼마나 풍족한 삶인지 주변 사람들로 인하여 조금씩 깨닫고 있다. 주변에 소중한 이들을 많이 두면 둘수록 많은 것을 나누고 공유할 수 있는 듯하다. 하여간 분명한 것은 나눠야 살아가는 것이며 살아가야 나눌 수 있다는 거다.

꼭 규모와 그 형태가 큰 것만이

대단한 감동을 주는 것은 아니다.

소소하고 작은 것에서도 또렷한 행복이 나온다.

거창해지려고 온 마음을 쏟지 말고

많은 시간을 허비하며 애쓰지 말고

적은 시간을 들여 자주자주 행복해지자.

따듯한 시선

이른 아침 버스에 몸을 실었다. 이른 아침이지만 버스는 이미 만석이었다. 한번 쭉 훑어보니 딱 한 자리가 비어 있어 맨 뒤 구석에 앉았다. 맨 뒷자리는 잘 앉지 않는 편이지만 먼 길을 떠나야 하니, 앉아서 갈 수 있는 게 어디냐는 마음에 서둘러 앉았다.

다음 정류장은 시내였다. 기다렸다는 듯 사람들이 우르르 버스에 올랐다. 마침 내 옆자리가 비었고 고등학생으로 보이는 여자아이가 그 자리에 앉았다. 그런데 앉기가 무섭게 다시 벌떡 일어나는 것이 아닌가. 나는 무슨 상황인가 싶어 여자아이를 바라봤다. 알고 보니 만석이었던 버스에 노부부가 탔고, 이 아이는 그 노부부를 보자마자 벌떡 일어난 것이다. 그러고는 정중히 할머니의 팔을 잡고 빈자리를 가리키며 "앉아서 가셔요."라고 말했다. 아차 싶은 마음에 나도 일어나려는 순간 내 옆 옆자리에 앉아 있었던 해병대 군복을 입은 군인이 잽싸게 자리를 비워 할아버지에게 양보하는 것이 아닌가. 그 순간 많은 생각이 교차했다. 시선을 멀리 두는 사람들이 여전히 존재한다는 것이 감동스러웠고, 시선을 멀리 두지 못한 내가 부끄러웠다.

요즘은 많은 이들이 시선을 좁힌다. 휴대폰만 뚫어져라 주시하거나 멍하니 창밖만을 바라보거나. 누군가에게 자리를 양보하지 않는 것은 이기심 때문이 아니라 자신을 먼저 생각하는 마음 때문일 수도 있겠구나 싶었다. 나 역시도 어떤 때는 피곤하고 지칠 때가 많아 다른 사람들에게 시선을 주지 못하고, 양보하지 못한 적이 많으니까.

따듯한 시선, 넓은 시선으로 살아가는 사람들을 보면 나를 반성하게 된다. 그건 아마 지난날의 내가 누군가에게 그리 따듯한 사람은 아니었다는 뜻일 것이다. 오늘은 어린 여자아이에게 많은 것을 배웠다. 어쩌면 당연한 것일 수도 있으나 또 그것이 당연하다 여겨질 수만은 없는 일이기에 더욱이 따듯하고 멋졌다.

살아가는 일은 그림자 사이로 빛이 드는 것처럼 늘 어둠과 빛이 공존한다. 늘 어두울 수 없고 늘 빛날 수도 없는 세상. 공존하기에 그 형체가 더 아름다운 세상. 당연시 여겨지거나 의무적인 일이었다면 따듯함을 볼 수 없었을 것이다.

행복에 충실할 수 있는 그날까지

근래 '행복'이라는 단어를 수도 없이 적어냈다. 누가 보면 너무 행복해서 미친 사람처럼 보일 정도였다. 그런데 나는 전혀 행복하지 않았다. 단지 행복하려고 애쓰는 것뿐. 매일 행복 속에 살아가는 사람이 아니다.

요즘은 행복해지려는 노력이 조금씩 닿아 행복해지고 있다. 그저 내 생각일 뿐이지만 행복한 사람들은 행복을 자주 말하지 않는 것 같다. 그들은 이미 행복하기에 충실하게 행복할 뿐. 그래서 도리어 불행하고 힘든 사람들이 행복을 자주 언급한다고 느낀다. 간절함과 소유하고 싶은 마음이 내내 가슴속에서 머물다 툭 하고 튀어나오는 것이 아닐까. 나는 종종 간절한 것을 마음과 머리에서 되뇌다 이내 입 밖으로 꺼내버리는 습관이 있다. 그래서 아마 '행복'이라는 단어를 수도 없이 꺼냈을 것이다.

무엇이든 간에 내 생각이 옳다고 단정지을 수는 없다. 그저 예상일 뿐이고 생각에서 그칠 뿐이다. 해서 내 예상으로 내린 결론은 내가 서서히 행복해지고 있다는 것이다.

계속, 지금처럼 행복에 닿을 것이다.
내가 '행복'이라는 단어를 사용하지 않을 날까지.
그저 행복에 충실할 수 있는 그날까지.

행복은 참 사소하다

행복은 참 사소하다. 늘 보던 것이 오늘따라 더욱 아름답게 보이기도 하니까. 어쩌면 나는 늘 스쳐 지나가는 것과 그 순간들 사이에서 그냥 지나치지 못하는 것이 이 때문일지도 모르겠다. 뒤돌아보는 것에서 스치는 모든 것에서 아름다움이 나오니까. 또다시 그 순간들을 놓치고 싶지 않으니까.

사소한 것을 자주 바라보자. 아주 조금은 느슨해도 좋다.

그 느슨함은 분명 더 많은 것을 담게 해줄 것이니 사랑도 일도 학업도 느슨히 하자.

긴장하지 말고 또 조급해하지 말고 위태롭지 않게 불안하지 않게 자주 바라보자. 사소한 행복들을.

버려주세요

주머니에 영수증을 구겨 넣듯 무심한 일들이 많아졌다. 한 번쯤은 더 확인해야 할 일들이 어느샌가 "버려주세요"라는 말로 당연하다는 듯 입에서 나오고 만다. 어쩌면 우리는 한 번쯤 더 들여다봐야 할 것들을 너무 무심히 버리고 있는 것은 아닐까.

걱정이 빈번해졌다.
버려지는 것들이 내게서 익숙한 일이 될까 봐.

일생에 남겨질 소중한 기억

2년 전 퇴사를 결심하고 다녀왔던 제주도 여행. 비록 2박 3일의 짧은 여행이었지만 내 클라우드엔 많은 사진이 남아 있다. 문득 2년 전 제주여행이 그리워진 찰나에 좋아하는 사람들과 제주 여행을 계획하게 되었다. 나는 다짜고짜 10월에 제주에 가자고 제안을 했고, 그들은 한 치의 고민도 없이 흔쾌히 내 제안을 승낙해주었다. "좋아!"라는 말을 건네며 대화를 마쳤지만 지금 와서 생각해보니 '좋아!'라는 말보단 '고마워!'라는 말이 더 어울렸을 것 같다는 생각이 들었다. 나는 내내 고마운 마음이 들었다. 여행을 함께 떠난다는 건 일생의 소중한 순간을 함께 기록한다는 거니까. 나는 그들이 흔쾌히 받아준 것에 감동했다. 또 함께 기록한다는 것이 참 아름답게 느껴졌다. 그래서 내 제안을 받아주었을 때, 이 사람들은 무슨 일이 있어도 놓치면 안 되는 사람들이라는 생각이 들었다.

나는 아직도 이 사람들이 얼마나 좋은 사람인지, 어떤 마음으로 세상을 살아가는 사람인지 정확히는 모르지만, 하나만은 알 것 같다. 이 사람들이 나와 함께할 때 순수하게 그 시간을 사랑한다는 것과 내 말에 귀 기울여주고 충분히 존중해준다는 것을. 어질러진 내 삶 어딘가에 정갈하고 아름답게 남아줄 고마운 사람들. 비록 1박 2일의 짧은 여정이지만 많은 추억이 또다시 클라우드에 담길 것을 상상하니 벌써 심장이 두근대는 것 같다. 내가 살아오면서 이토록 기대하고 기록하는 일을 즐거워한 적이 있었던가. 아마 처음이자 시작이 아닐까 싶다. 기대에 부푼 마음은 그저 행복하다.

자존감이 흔들리는 이들에게

누군가에게 나는 최고의 사람, 아름다운 시선일 수 있지만 어떤 누군가에게 나는 좋지 못한 사람, 멀리하고 싶은 시선일 수 있다. 나는 이러한 사실을 부정하지 않는다. 당연하다 여기고 있는 그대로 받아들인다. 모든 이들에게 내가 아름다운 시선일 수 있다면 물론 좋겠다. 하지만 내 마음이 늘 일정할 수 없을 뿐더러 사람의 시선 역시 다다르기에 가능하다 여기지는 않는다. 그저 그 사실을 인정하고 받아들였을 때의 나는 스스로 가장 아름다운 사람이 되어 있을 것이다. 누군가의 시선에 아름다운 사람이 되고 싶어 마음과 마음 사이에서 애쓰지 않았으면 한다. 먼저 나 자신에게 아름다운 사람임을 알리고 그 후에 내가 사랑받을 만한 가치가 있는 사람이란 것을 알려도 늦지 않는다.

주변을 둘러보면 결국 자존감이 높은 사람들이 사랑도 일도 쟁취한다. 그것은 그들에게 아름다워 보이기 위해 애쓴 것보다 나 자신이 아름답다는 걸 알기 때문에 더욱이 빛났을 것이다. 당장은 누군가의 시선에 마음을 빼앗겨 돌려받기 위해 온 힘을 다하지 말자. 애쓰지 말자. 정처 없이 떠돌아도 좋으니 내게 천천히 아름다움을 심도록 하자.

중심은 늘 내게.
기울지 않도록.
흘러가지 않도록
꽉 잡아야지.
내 마음, 내 시선, 내 아름다움
더는 잃지 않도록.

당신에게 다가갈 수 있도록
또 사랑할 수 있도록

대화도 없이 무슨 수로 당신의 마음을 읽을 수 있겠어요. 적어도 당신의 마음이 어디쯤 머물러 있는지는 알려줘야 내가 당신을 찾아가죠. 그리하여 내가 당신의 마음을 찾게 되면 그 마음의 문을 조심스레 두드리고 당신은 그 노크를 기다렸다는 듯 문을 열며 환하게 나를 반겨주는 거죠.

그렇게 우리가 마주하게 되면 비로소 사랑이 시작되는 거죠. 아무것도 모른 채 시작해야 하는 사랑은 나도 싫어요. 제아무리 내가 당신을 사랑하고 아낀다고 해도 서로의 마음이 먼 곳을 향해 있다면 애쓰기 어려울 거예요. 어느 정도 거리를 좁혀주어야 가능한 거죠. 그래서 마냥 바보처럼 다 떠안지 않을 거예요. 적어도 내 마음 아프고 힘든 일은 스스로 다짐하지 않을 거예요.

그러니 나와 사랑하려거든 대화를 해주세요. 무엇이 좋

은지 무엇이 싫은지. 무엇을 함께하고 싶은지 무엇을 바라보고 싶은지. 아주 소소한 것들을 내게 알려주세요.

그리하여 내가 당신에게 다가갈 수 있도록 또 사랑할 수 있도록.

순간을 소중히 Seize the moment

문득 좋아하는 단어가 떠올랐다.

"매 순간"

차분한 마음과 참 잘 어울리는 단어.

그래서 어디든 꼭 붙이고 싶은 단어.

매 순간 아름답다.

매 순간 빛난다.

매 순간 햇살이 비춘다.

매 순간 온 힘을 다했다.

매 순간 너로 인해 살아간다.

매 순간 우리는 함께였다.

좋아하는 단어가 있다는 것도
그 단어로 내가 힘을 내는 것도
정말 의미 있는 멋진 일이지 않니.

지름길

조급한 마음은 하나도 없어요. 오히려 조심스러울 뿐이죠. 마음이 급하면 급할수록 내게서 멀어지는 게 많더라고요. 그래서 놓치고 떠나보내고 후회하는 반복적인 일들을 자주 겪었죠.

그땐 소중한 것들을 지켜내기 위해 무조건 누구보다 앞서가야 한다고 생각했는데 그건 저의 큰 착각이었어요. 좀 더 신중했어야 했고 천천히 상대를 기다려주었어야 했거든요. 이미 다 지나와서 후회하는 일이 무슨 소용이 있을까 싶다가도 그냥 그들이 내 곁에서 떠나갈 사람들이었구나, 그렇게 생각하니 마음이 한결 편해요.

지나온 시간 속의 잘못은 어쩌면 내가 더 좋은 길을 갈 수 있게 해주는 지름길이었을지도 몰라요. 잘못을 느끼고 깨닫고 소중함을 지켜낼 수 있는 좋은 길을 알려준 거죠.

산다는 건 늘 후회와 좌절을 겪는 일이지만 그로 인해 우리는 더 행복하게 살아갈 수 있다는 거죠.

매 순간이 후회스러웠지만 많은 깨달음을 얻은 지금, 이 순간만큼은 후회스럽지 않습니다. 또 모든 것들이 늘 좋아서만은 안 된다는 중요한 사실도 알았고요.

마음을 다하여

정신이 없다. 딱히 많은 일을 하는 것도 아닌데 정리를 못 하고 있다. 여느 때와 다를 것 없이 일을 마치고 집에 돌아왔는데 아무것도 할 수 없을 만큼 몸이 녹초가 되어 있었다. 이미 마음은 운동도 해야 하고 원고도 써야 하고 밀린 업무도 처리해야 마땅했지만, 몸이 생각처럼 움직여주지 않았다. 나는 여태껏 모든 일들이 열정과 노력으로 가능할 거라고 믿어온 사람이다. 그런데 요즘 내 상태를 보면서 온전히 열정과 노력만으로 전부일 순 없다는 것을 다시금 알게 되었다. 그냥 정신이 없다.

오늘은 집에 돌아오니 아빠가 소주 한잔 어떠냐며 나를 불렀다. 근래 건강이 좋지 않아 술을 입에도 대지 않았던 나는 평소 같았으면 적당한 핑계를 대며 안 마시겠다고 했을 테지만 오늘은 무슨 이유인지 아빠와 소주를 마셔야 할 것 같은 기분이 들었다.

아빠랑 둘이 마주 앉아 술을 마시는 게 얼마 만인지 기억이 잘 안 났다. 그런데 그것 하나만은 알 것 같았다. 그동안 내가 정신없이 살았다는 거. 바쁘다는 핑계로 아빠한테 많이도 무심했다는 거. 이런저런 생각을 하며 지난날을 회상하는 와중에 내 시선이 아빠의 자글자글한 주름 앞에 멈춰 섰다. 언제부터 이렇게 주름이 많았는지 잘 모르겠지만 내가 알던 아빠가 아니었다. 그래서 지금 내 앞에 앉아 있는 아빠가 어색하고 낯설게 느껴졌다.

나는 금방이라도 눈물을 떨어뜨릴 것만 같은 기분이 들었다. 술을 마신 탓인지 늘 강하게 지켜왔던 마음이 느슨하게 풀려버리고 말았다. 아빠의 주름을 보고 또 셀 수 없이 많아진 흰머리를 보고 온 마음이 흔들렸다. 이미 눈가에는 눈물이 가득 고였다. 아빠는 그런 나를 쓱 보더니 뜬금없이 가족여행을 갔으면 좋겠다고 말했다. 덧붙여 회사를 오래 비울 수 없으니 짧게 다녀올 수 있는 일본으로 가는 게 좋겠다고 했다. 내겐 어딜 가던 장소는 중요하지 않았다. 그저 가족 여행이라는 말이 머리에 맴돌았다. 처음이었다. 아빠가 내게 멀리 여행을 떠나자고 말했던 건.

나는 늘 열심히 사는 아빠가 멋있다고 생각했다. 아빠는 매일매일 공부를 하고 자격증을 땄다. 그건 단순히 아빠가 똑똑해서 가능한 일인 줄 알았다. 아빠가 자격증 공부에 힘쓸 때였다. 새벽에 물을 마시러 거실에 나갔다가 캄캄한 어둠 속 스탠드 하나에 의지한 채 거실 바닥에 앉아 공부 중인 아빠의 모습을 보았다. 단순히 '똑똑해서'라는 결론을 내렸던 내 생각이 부끄러워졌다. 그때 당시에는 왜 그토록 밤을 지새우며 열심히 공부하고 자격증을 따기 위해 애썼는지 알 수 없었지만, 지금은 알 것 같다. 아니 알아버렸다. 아빠는 가족을 지키기 위해서 그래야만 했다는 것을. 생계 수단이 아니라, 나와 내 동생에게 알려주고 싶었던 거다. 아무리 늦은 것 같아도 노력이 있으면 가능하다는 것을.

나는 깊이 반성해야 했다. 아무리 힘들고 지치더라도 나의 열정과 노력을 어느 무엇에도 지지 않았어야 했다. 정신이 없다는 핑계로 해야 할 일을 미뤄둔 내가 부끄러웠다.

술을 잘 마시지 않던 내가 늘 핑계를 일삼던 내가 그날 아빠와 소주를 마셔야겠다는 생각을 한 것은 최근 들어 가장 잘한 일 중 하나였다. 아빠는 내가 잊고 있는 것이 무엇인지 그리고 얼마나 많은 것을 버리며 살아가고 있는지 알려주기 위해, 또 삶이 무너져 갈 때쯤 다시 한번 깨달음을 주기 위해 내게 술잔을 건넸다. 역시 부모 눈은 못 속인다. 내 표정만 봐도 무슨 일이 있는지 없는지 다 아는 게 부모다.

내가 무너져갈 때 아빠는 '온몸이 주름으로 잔뜩 뒤덮이더라도 이런 나도 나로서 열심히 살아간다'고 말해주는 가슴 아픈 존재였다. 그 마음을 다 받고도 흘러넘쳐 마음을 나누기 위해 다시금 살아가게끔 나를 일으키는 존재였다.

가끔은 이렇게 사랑하는 사람과 술잔을 기울여보자. 그 얼굴에 주름이 얼마나 늘었는지 흰머리가 얼마나 많아졌는지 한 번씩 꼼꼼히 살펴보는 것도 좋다. 서로 마주한 채 함께 늙어가고 있다는 걸 가장 또렷하게 보여줄 수 있는 시간. 마음과 감정을 느슨하게 풀어놓을 수 있는 솔직한 시간. 미뤄서는 안 될 소중한 시간. 마음은 아프지만, 사랑하고 있음을 깨닫는 시간.

믿음과 불안 사이

믿음과 불안을 사이에 두고 한참을 두리번거리다 무엇이 정답인지 알게 되었을 때 그때의 아픔은 도저히 설명할 수가 없었어. 내가 생각했던 것과 현실은 너무도 달랐으니까. 그게 사랑이라면 더욱 아플 것 같았고 그 아픔을 고스란히 받아야 했다면 숨 못 쉴 듯 괴로웠을 테지. 아무래도 그간 솔직하지 못했던 것에 대해 반성해야 할 것 같아. 그 마음이 진짜가 아니었다는 것과 좀 더 마음을 다해 잡아보지 못한 것에 대해.

행복을 선물해보세요

말로 설명할 수 없는 행복을 느끼고 싶다면 먼저 누군가에게 행복을 선물해보세요. 단순히 받기만 하는 게 행복은 아니에요. 오히려 모든 것을 주었을 때 더 행복해지곤 하니까요. 방법은 생각보다 많아요. 하지만 우리는 그 방법을 잘 몰라 허덕일 때가 많죠. 모르는 것을 찾으려는 노력이 필요하지만 당장은 어려울 수 있어요. 천천히 찾아보아요. 계속해서 누군가를 행복하게 해주려는 시도를 해보아요. 그러다 보면 자연스레 상대방이 원하는 행복을 찾아갈 수 있어요.

행복은 나 혼자만의 것이 아닌 함께 나눔으로써 더욱 커지는 거예요.

자신의 속도를 믿어요

조급해할 것 없어요. 우리는 우리만의 속도가 있잖아요. 함께 시작해도 끝은 달라요. 누군가는 좀 더 일찍 마칠 수 있는 거고 또 누군가는 좀 더 오래 걸릴 수도 있는 거죠. 성급한 마음은 우리를 병들게 할 뿐이에요.

그저 자신의 속도를 믿어요.
이게 내 속도구나. 참 좋다. 이렇게요.

지나가는 것보다
다가오는 것이 더 좋으니까

얼마 전 화장품을 사러 화장품 가게에 들렀는데 어쩌다 보니 직원분과 이런저런 이야기를 나누게 되었다.

날이 덥네, 습하네, 이런저런 말들이 오가다 문득 창밖을 바라보았다. 직원은 그런 나를 쓱 보더니 "요즘 해가 많이 짧아졌어요. 그렇죠?"라고 물었다. 나는 대답을 잠시 머뭇거렸다.

여름이 지나가서 그렇다고 해야 할지, 가을이 다가와서 그렇다고 해야 할지. 같은 말을 두고 잠시 고민하다 "벌써 가을이 오려나 봐요."라고 답했다.

나는 아마 떠나보내는 것보다 다가오는 것을 입에 담고 싶었던 거겠지. 누구나 그렇겠지만 역시 다가오는 것이 더 좋으니까.

"가을이 온다. 가을."

혼자가 아니었고

앞으로도 아닐 거예요

당신이 아무것도 할 수 없을 것 같은 그런 막막한 때에 어둠 속에 자신을 가둬두지 말고 빛나는 당신 주위를 둘러보아요. 당신은 늘 혼자가 아니었고 앞으로도 아닐 거예요. 당신이 생각했던 것보다 더욱더 많은 이들이 당신을 걱정하고 사랑해주고 있으니까요. 그 많은 사람이 당신 곁을 머무는 것 또한 당신 혼자 할 수 없는 것들을 함께해주기 위해 머무는 거예요. 그러니 혼자 끙끙 앓지 않았으면 해요.

곁에 머무는 사람들이 당신을 원해요.

힘들 때 찾아주기를 원하고 아플 때 말해주기를 원해요.

언제든지 들어줄 수 있다고 그러니 함께하자고

어쩌면 이미 여러 번 말했을지도 모르죠.

하지만 당신은 그 마음을 못 보고 지나친 걸 수도 있고요.

다 이해해요, 이해해.

그러니 언제든 다시 돌아와요 .

나는 늘 이곳에서 기다리고 있겠습니다.

행복해질 수 있는 당신

꼭 그러지 않아도 돼요. 무언가를 사랑해야만 행복해지는 것은 아니니까요. 억지로 사랑이란 감정을 지어내진 말아요. 억지로 시선을 맞추다 보면 감정의 감각을 잃어버리기 마련이니까요. 가끔은 혼자이더라도 아무 생각 없이 하루를 보내더라도 충분히 행복한 때가 있어요. 혼자가 되었다고 해서 억지로 사랑하려 하지 말아요. 당신은 혼자서도 행복해질 수 있어요. 충분히.

사랑이 오기까지 천천히 기다려도 괜찮아요. 당신.

사소한 것을 무디게

사소한 것을 지켜내는 것도 우리가 해야 할 일 중 중요한 일에 속해요. 늘 마음이 새로운 곳을 향하니까 자꾸만 익숙한 것에서 멀어지는 거죠.

우리는 계속해서 지켜내야만 해요. 늘 곁에 있는 것들과 간직해왔던 것들을 사랑해주어야 해요. 오래 보아 감정이 무디지만 원래 내 것만큼 나를 안심시켜주는 것도 없죠.

그러니 사랑합시다. 사소한 것을 무디게 혹은 여전하게 사랑합시다.

아름답게 보일 수 있도록

또 오래 머물고 싶도록

시선이 오래 머무는 곳에는 언제나 아름다움이 있었어요. 오래 머물면 머물수록 아름다운 것이 많아졌죠. 우리는 종종 바라보는 시선이 어디쯤 머물러있는지 생각해볼 필요가 있어요. 당연시 생각했던 것들이 조금은 더 소중하고 아름답게 보일 아주 좋은 방법이기도 하니까요.

오래 머물도록 해요. 바라보고 있는 시선이 더욱더 아름답게 보일 수 있도록, 또 오래 머물고 싶도록.

시선이 오래 머무는 곳에는

아름다움이 있기 때문이에요.

겨울이 오면 사랑하고 싶다

오늘도 밤공기는 여전하다. 따듯한 것 같으면서도 살짝 차가운 바람이 조금씩 불어온다. 이 차가운 바람도 조금 있으면 쐴 수 없을 것이다. 일주일 후면 7월이 되어버리고 마니까. 친한 친구들과 옹기종기 모여 앉아 제야의 종소리를 들으며 덕담 한마디씩 나누었던 기억이 바로 엊그제 같은데 벌써 7월이라니, 가끔은 시간이 지나치게 빨리 지나가는 것이 아닌가 의구심이 든다. 뭔가 아쉽다가도 또 야속하다는 생각에 휩싸인다. 그래도 계절이 바뀌는 것은 싫지 않다. 봄이 오면 그 계절이 좋고 여름이 오면 또 그 계절이 좋고. 모든 계절을 마주할 수 있음에 행복할 때가 많다.

야속한 마음도 잠시 계절을 사랑하다 보면 마음이 금세 차분해진다. 아마 급한 마음보다는 천천히 다음 계절을 기다리며 설레는 마음을 가지기 때문이겠지. 여름엔 무엇을 할지, 가을엔 어디를 갈지. 이런저런 생각을 하다 보면 어느새 두려움보다는 기대감이 나를 더 가득 채우기 때문이다.

하지만 나는 아직 사랑하고 싶지 않다. 1년이라는 시간, 사계절을 홀로 보내고도 아직은 누군가와 덥석 사랑하고 싶지 않다. 만일 사랑을 해야 한다면 지금보다는 조금 더 추운 계절이 좋을 것 같다. 얼음처럼 차가워진 손을 맞잡고 서로에게 줄 수 있는 모든 온기를 나누어보고 그 마음을 전부 느끼고 싶다. 아마도 나는 겨울이 되면 사랑하고 싶은 것 같다.

나이가 들면 들수록 누군가를 만나는 일이 신중해서 그런지 연애를 시작하는 일이 영 쉽지가 않다. 주변에선 하나 둘씩 결혼을 하고, 벌써 돈 모으기에 바쁘지만 나는 아직 내 생활을 즐기고 싶다. 즐기고 싶다는 마음이 쭉 이어지면 좋겠지만 그러다가도 괜히 혼자 뒤처지는 기분이 들어 마음이 늘 편하지가 않다. 생각했던 것보다 어른이 되는 것도, 성숙해지는 것도 쉽지가 않다. 각기 다른 방법으로 어른이 되지만 나는 아직 먼 듯하다. 한참을 더 걷고 한참을 더 돌아보아야 방법을 찾을 수 있을 것 같다.

빨리 겨울이 왔으면 좋겠다. 누군가를 만나서 내 마음을 전부 전하고 싶다. 자유로워진 나를 붙잡아줄 따듯한 영혼을 받아들이고 싶다. 정말이지 사람은 간사하다. 사랑을 원하지 않다가도 어떤 날은 절실히 사랑하고 싶다. 참 아리송한 일이다.

그렇지만 특정한 때를 기다릴 수 있다는 건 굉장히 설레고 기쁜 일이다. 그래서인지 겨울을 맞이할 나는 매일 걸음이 빠르다. 어서 어른이 되어 한 사람에게 좋은 사람으로 남고 싶다. 좋아하는 것을 기억해두었다가 전부 선물해주고 싶다. 차가워진 손을 따듯하게 잡아주고 싶고 마주 보며 활짝 웃고 싶다.

겨울이 올 때까지 마음을 많이 데워두어야겠다.

사랑하는 사람에게 따듯한 마음을 잔뜩 전해줄 수 있도록.

내 모든 걸 수용할 수 있는 당신

내 행복 언저리에 늘 당신이 있었으면 해요. 그렇게 우리는 서로를 위하는 사람이 되어주고 많은 걸 나눌 수 있는 시간을 오래도록 함께하며 하루를 보내는 거죠. 좋을 것 같아요. 당신의 눈빛도 그 따스한 손길도. 나를 위한 배려와 작은 선물을 준비하는 그 순수한 마음까지도요.

내 모든 걸 수용할 수 있는 당신, 모든 걸 내가 허용하게끔 만드는 당신.

사랑해요. 당신과 함께하는 매 순간순간을.

에필로그

여러 계절을 보내며 유독 지나가지 않았으면 하는 계절이 있었다. 사랑이 가득했던 계절, 마음이 충분했던 계절이 있었다. 그렇지만 그 시간은 그리 오래 머물지 않고 내 곁을 떠나버렸다. 불안 속에서 겨우 버티던 힘이 나를 떠나버린 것 같아 온 마음이 요동쳤지만, 끝끝내 휩쓸리지 않았다.

어쨌거나 계절은 바뀌고 다시 돌아올 거라고 믿었다. 내겐 그게 최선이었다.

붙잡아도 붙잡을 수 없는 것은 늘 아쉽고 견디기 힘든 아픔을 준다. 하지만 그렇다고 해서 달라지는 것은 아무것도 없다. 마음을 잡지 못하면 나의 무력함과 허무함만 남을 뿐. 그다음 계절의 아름다움을 바로 보지 못하는 부정적인 시선만 남을 뿐. 적어도 나는 아쉬운 마음이나 힘든 마음으로부터 패배자가 되고 싶지 않았다.

너그러이 이해하고 수용할 수 있는 사람이 되고 싶어서 불안이 나를 들쑤시고 조여와도 다음, 그다음을 생각하며 겨우 견뎌냈다. 이렇게 견디다 보니 견디는 것이 익숙해졌고 이제는 그럭저럭 살아갈 만해졌다.

그래서 나는 모든 아픔으로부터 상처받은 사람들에게 "견뎌주세요. 결국 다 지나가거든요."라는 뻔한 말을 건네고 싶다. 너무도 뻔해서 귀담아듣지 않을 말이지만, 언젠가는 분명 곱씹는 순간이 온다고 믿는다. 이 뻔한 말이 누군가의 마음에 박혀 있다 어느 순간 툭 튀어나와 마음을 잔잔하게 쓰다듬어줄 순간이 반드시 온다. 그러므로 나는 이 뻔한 말을 여러 번 전할 것이다.

행복은 늘 우리 곁에 머물 수 없는 것처럼 한철 아름답게 피어났다 이내 지고 마는 것이다. 못내 아쉬운 마음이 들지만, 내가 잠깐의 행복을 더 오래 붙잡거나 슬퍼하지 않았던 건 어쨌거나 계절은 바뀌고 다시 돌아온다는 걸 알았기 때문이다.

그래서 당신도 돌아오는 계절을 사랑하는 방법을 배워두면 좋겠다. 매 순간이 기적처럼 행복할 수는 없겠지만 행복해지려는 마음을 놓치지 않으려는 노력만 있다면 우리는 충분히 웃을 수 있을 것이다. 충분한 마음과 사랑이 있다면 불안한 삶이 다르게 보일 것이다.

부디 당신의 계절이 늘 아름답게 빛나기를 바라며.